豆沙包的想念

王基倫　著

插畫：黃淮麟

序　田園・校園和家園——《豆沙包的想念》中的有情天地

《豆沙包的想念》是王基倫教授的第一本散文集，收錄他多年來筆耕的心血，完整呈現他的童年、少年與成年後的生活。王教授專研古代散文研究，寫起創作文章，更是文筆精煉，布局不著痕跡，時時透露睿智的觀點，而且對世事人情充滿感恩的心。

他的童年在屏東鄉下度過，田園野趣，豐富著小男孩的心靈和記憶。與書名同題的〈豆沙包的想念〉就是懷念屏東的外公外婆的文章。但很難想像，本來小學成績優異，因此報考私立初中，但上了中學以後，卻面臨幾乎被留級的命運。所幸自己努力不懈，克服課業上的困難，終於在大學聯考爆出冷門，金榜題名——考上臺灣師大國文系！

然而，這樣的苦澀記憶，在他筆下卻另有一番心得。〈先鋒將軍〉寫出文科學生在數理科目的挫折下，因為國文老師的肯定，屢次代表班上、學校參加作文比賽，終於拾回信心。〈三角函數〉寫出另一面，如何在數學成績節節敗落下，靠著自習，又請教同學，終於扳回一城。這番艱辛的歷程，也使得他日後當起老師，對學生總是充滿關懷和鼓勵，和同事的相處也是那麼的和諧融洽。〈彩繪白沙屯〉、〈來自鄉下的心靈〉、

〈啟新國中同學〉等篇，紀錄任教於白沙屯啟新國中的往事，這些篇章在在顯現一位初執教鞭的中學老師的誠摯與熱情。他和當年啟新國中的學生還保持聯絡，這份師生情誼於現今功利社會可謂罕見。

王教授國學根基深厚，對於唐宋古文、中國文學史、國語文教學都有專精研究，臺灣師大是他的母校，臺灣大學則是他的攻取博士學位的地方。兩校學風不同，先後在兩校深造，拓展了他的學術視野。而他曾任教於國立嘉義師院（今之國立嘉義大學）、國立臺北師院（今之國立臺北教育大學），最後回返臺灣師大，其中的心路歷程見於〈重返母校〉。而他寫下的學人風範，如記英紹唐教授、鄭清茂教授的教學風格，著實表彰了老一輩學者的人格精神。再看他〈籤王〉、〈主考心情〉，寫自己和學生的互動，以及對參加研究所入學口試的學生的叮嚀，不難想見，王教授也是以前人為典型，期許自己做一個學養豐富、平易近人、為學生指點迷津的好老師。這一點，相信他的學生們也會給他很高的評價。

也許學者給人的印象總是道貌岸然，然而從王教授描寫的家庭生活，卻讓人感到溫馨幸福，充滿樂趣。原來，學者不是只關在自己的書房，孩子幼小時，他接送孩子去保母家；再大一點，就是接送孩子上下學。不然就是陪伴讀書、玩耍、教念唐詩，孩子的社團生活他也參加一份。試看輯五「第N個童年」的篇章，從〈守候在產房外〉到〈孩子有你們真好〉，這一路走來、始終如一的「爸爸經」，真可謂「新好男人」的典範。從他和孩子的互動中，也可窺見他的赤子之心。若不是如此，怎麼可能為了孩子愛看企鵝，就一再重新排隊，而且把孩子扛在肩上，讓他看個清楚，看個過癮。而〈陪考心情〉從陪考現場寫到為人父親的關心和期盼，〈貼心二帖・溫暖〉寫出和兩個女兒以手來傳遞溫暖，這三棵「團結松」（三個孩子），實在是王教授寫作的來源，也是他重新享受快樂童年的來源。

如是，學者的散文的確帶給我們不同的感受。「橫眉冷對千夫指，俯首甘為孺子牛」，也許所有的文人學者，在他內心深處都有這般舐犢深情。王教授的這本《豆沙包的想念》在這方面也有精彩的表現。

寫到這裡，我似乎不能隱藏自己的身分了。我就是書中那個「妻」，受命寫序，不免有老王賣瓜的嫌疑。但我這位王太太，乍讀整本書稿，還真是勾起許多回憶，想念我們一起走過的艱難歲月。而孩子的童年趣事，他寫得比我還多，可見他多麼樂於和孩子「混」在一起。這點，真要感謝他樂意分擔家務，照顧孩子，我才能投注於教學與研究的本業，又能兼職創作和演講。明（二〇一八）年將是我們結婚邁入第三十周年，這本散文集出版，格外有意義。願我們都保有相識時的初心，無論是對婚姻、人生，或是對學術研究的熱情。

最後，也讓我溫馨喊話：

基倫，恭喜你出版第一本散文集，希望你再繼續寫，寫出學者散文的新風範。

洪淑苓

自序

出版散文集，不是生涯規畫中的事。

大約在讀小學期間，有過將來想當個老師的志願吧？還記得考完大學聯考的當天下午，不知父親為了什麼事，騎車載我經過師範大學，指著校門口對我說：「如果你考取這所大學，我就輕鬆了。」那時我知道他忙於生計吃了不少苦，但是我沒應聲，因為完全沒把握；我就讀的高中，每年考上公立大學的不到五人，創校多年也從來沒人考取臺大、師大。不久，我果真錄取至師大就讀，享有公費生的待遇，一學期後再也不必向家裡拿錢，從此我的人生道路愈走愈寬了。後來我再考取臺灣大學中國文學研究所博士班，就知道將來會走上學者的路了。至於一手寫學術論文、一手寫散文？還是沒想過。

可能是因為女朋友淑苓喜歡寫作的關係吧？她喜歡拿她的新詩給我看，她又為《文訊》作紀錄稿，我因此認識了《文訊》雜誌社總編輯封德屏小姐。熟朋友之間，總會互相幫忙。有一回我自告奮勇對封姐說：「有什麼事需要幫忙可以來找我。」不久，她就邀請我寫書評，每月評一本剛出版的新書。我因為研究古典散文，碩士論文寫《孟子散文研究》，博士論文寫《韓歐古文比較研究》，因此儘量找散文來讀。這對我後來提筆寫散文大有助益。

然而，促成我動筆大量寫散文的是臺灣大學中文系的曾永義老師。他在《國語日報》開創「愉快人間」專欄，號召弟子們輪流登場。我被老師稱為「徒夫」（徒兒的丈夫，因內人淑苓是曾老師指導的門生），因此有幸一起加入寫作的行列。大家銜師命寫散文，每篇一千字以內，儘找些溫馨、美好、愉快的事情來寫。民國九十年三月六日，曾老師登完第一篇後，三月二十三日，我的散文〈籤王〉也上場了。師母陳媛看過，直說「好有趣」！

我讀過許多當代散文作品，愈來愈喜歡散文能寫出生活的真實面。散文不以賣弄技巧取勝，而是以平實的筆觸寫出人生百態。我們都知道詩能夸飾、能跳脫思緒，李白詩說「白髮三千丈」，當然不是真的。小說也能突發奇想，能虛構，《西遊記》說「石頭裡蹦出美猴王」，也不是真的。但是如果我們說朱自清〈背影〉裡父親買橘子、爬月臺那一幕是假的，那這篇文章就不值一讀了。我始終堅信，世間需要有一種文體能說出真心話，保留真誠的敘述，不必炫奇，不必造假，就讓讀者沉浸在溫馨溫暖的感情世界中。那就是散文！讀者希望能讀到真實美好的散文！

於是，我用真誠的筆調，為過往的生活片段留下一些紀錄。

這本書搜集了我從艱苦的家庭中成長茁壯的過程。童年，是每個人回憶滿載的日子。我的父親從大陸山東逃難到臺灣，當年的身分是警察。父親來臺後，遷徙漂移，四處奔波。他到國立華僑中學擔任工友，因朋友介紹，為來自苗栗縣公館鄉的一位客家籍女孩安排工作，而她，除了一身衣服什麼都沒有。後來兩人相戀而結婚，我的父母親都就位了。父親曾經在民眾服務社工作，婚後又為了生計，在桃園賣麵，到臺北街頭擦鞋子，後來改賣成衣，再改賣鞋子。他始終是一個在底層生活的小老百姓，流浪到臺灣的外省人。而母親與他胼手胝足，到大秦紡織廠工作，而後轉任員工托兒所保母，合力用微薄薪資，共同買地、鑿井、蓋屋，從手無寸金，到搭建起可以遮風避雨的房子。我還記得三叔以他高大的身軀，來到我家為新厝粉刷高牆的身影；也還記得全家人一起參加媽媽公司的員工旅遊，遊賞新闢建完成的中部橫貫公路，徜徉在梨山周圍一片青山綠野間，我正要升初中，媽媽肚裡懷著小弟，那是全家人難得聚在一起的幸福時光。

也正因為雙親忙於工作，身為長子的我，從小就被送到外祖父家生活。外祖父是位勤奮工作的客家農夫，剛搬到屏東內埔不久，買下一大片土地，開始墾荒。我也因此有幸，以一位外省子弟，得以赤腳踩在寶島的土地上。依稀記得在烈日下全家人奮力不停地踩水車，露出來的小腿肚都爬滿了水蛭，任憑紅色鮮血直直的串流下來。我不能做什麼，只能拎著小茶壺，步履不穩的走在田埂間，送茶給大家喝，長大後才知道這是早期移民從福建傳至臺灣的岩茶。農家不分老小血汗流注到土地的辛勤畫面，讓我印象深刻。我深愛這片土地，因為我生我長在這塊土地上！

小男孩的故事太多了，異鄉思緒不曾斷裂。當我寫出這些童年往事時，母親露出欣慰的笑容，她沒想到我的記憶這麼清晰。不只是〈輯一：農家趣〉而已，刊出〈三角函數〉一文後，高中同學老馬也說我用筆寫出了對同學的懷念，其實老馬的文筆真是好的沒話說。我有著沉靜的性格，可能就緣自於小時候生長在外公家，以及初中、高中求學期間的挫折吧？初中成績一落千丈，不太願意回想。高中以後的敗部復活、起死回生，原也是自己不敢奢望的事。

讀大學以後，順風的日子多了起來，一階段比一階段好。在白沙屯啟新國中教書期間，可說正式開啟了人生快樂的生活。這是因為鄉下美好的人情味，讓人樂而忘返。儘管島內移民都是從鄉村移往城市，但是不變的是對鄉村的懷念。我寫這批「老」學生的短文，每發表一篇，總有同學津津樂道好一陣子，只可惜有些散佚不存了。

結婚後、小孩出生後，生活辛苦，但也甜蜜。〈泰國姑娘〉這篇的寫法特殊，從旁觀者的角度描寫，最後才寫出女主角是誰？《國語日報》副刊編輯群常常是拙文的第一批讀者，她們既欣賞又驚訝！〈背小孩的爸爸〉這篇也很特出，用第二人稱的寫法寫我自己。我個人很喜歡〈企鵝跳水〉這篇，因為親眼目睹小貝比的可愛動作。〈蘇媽媽〉、〈一隻紅嘴黑鴨的故事〉，當事人都覺得寫得很傳神。寫老奶奶的那一篇，同屬外省第二代、也是山東人的世新大學中文系丁肇琴教授誇讚感情深刻。我自己還很喜歡〈小看唐三藏〉、〈丹青憶舊〉、〈傀儡上陣〉這些後期作品，大概文筆更純熟了些，帶有文化視角，寫來毫不費力的感覺。藉助網路之便，我曾經把〈孩子，有你們真好〉一文po出去，澳門大學中文系的鄧國光教授評道：

大文稱情率性，親親雅正，感人至深。

另外有位朋友回應道：

說說散文，不知為何，讓我驚訝的是您對材料的處理能力。這些瑣屑的小事，不值一提的孩童經歷，竟被您寫成了充滿諧趣和愛心的一幅幅畫面。能夠將它們連綴在一起的是，包裹在這些生活點滴外層的作為父親的目光。我感受到了寫作者的視角，代替孩子們承接了來自父親的濃濃愛意。

你真是我的摯愛呀！作者寫完一篇文章，能得到讀者的肯定，心中有著莫大的感動，這正是驅策作者繼續寫下去的動力。本書寫作過程中，有太多太多的讀友報以熱烈掌聲，我衷心感謝。

關注我的生命走到哪個階段，發覺自己的生活有如倒吃甘蔗般漸入佳境，因此，隨手拈來愉快的題材泉湧而出。這本書依循從小到大的生活時間編輯，書名選自第一篇文章，定為《豆沙包的想念》，這是記錄一個小男孩善良的初心，正是能寫出美好生活的根源。我要感謝所有的親朋好友，他們陪伴我成長茁壯，更要謝謝為本書寫序的愛妻淑苓，還有三個可愛的小孩，家庭是我最大的生活支柱；也感謝出版社的編輯鄭伊庭小姐及封面設計陳秀珠小姐，後面這位是我在白沙屯的學生，相知相識已經三十六年。

而今，為自己能出版第一本散文集而慶幸，也期盼自己能「不負初衷」（師大校歌歌詞），繼續保有美好的生活，繼續筆耕下去。

目次

輯二 成長經驗 049

輯三　初試啼聲

輯六 居家生活 155

輯七 一沙一世界 195

輯一　農家趣

童年，屏東縣內埔鄉。

青山橫亙在遠方，稻田一望無際，三合院就座落在天地大自然間。有個小小孩，常常騎在牛背上，走在田埂間，優閒而無所事事。大人們正辛勤地翻土犁田，風吹日曬，暑熱難當，額頭滴下不少汗珠。

豆沙包的想念

從小喜歡吃豆沙包，至今猶然。

小時候和外公一家人同住。大人們大清早就辛苦下田，每天日出而作、日落而息，過著與世隔絕的生活。親朋也很少往來，一來親戚都住得好遠；二來鄰居也住在遠處，最近的一家是那稻田中間的小房舍，也聽不到他們的雞犬聲。

這麼簡單自足的生活，最常來訪的「外賓」，竟然是每天下午準時報到的賣饅頭伯伯。老伯伯騎著腳踏車，沿路叫賣著：「ㄅㄠˇ——˙ㄗ ㄇㄢˊ——˙ㄊㄡ——。」那低沉渾厚的鄉音，總會引起家門口的狗兒一陣狂吠，大人們馬上催促我這個小蘿蔔頭從田裡跑回家，看看怎麼回事？幾次經驗過後，也會讓我買個包子。不知不覺間，我喜歡上了豆沙包。

成年以後，見到外公外婆的日子越來越少。有一次，我回到外婆家作客，桌上恰好放了一個豆沙包。小表弟想吃，我故意逗弄他：「我也想吃耶！」沒想到外婆一直慫恿表弟學習「孔融讓梨」的精神，把豆沙包讓出來。表弟還小，我只是隨口說說而已，外婆真的不必小題大作。可是任憑我怎麼解釋，外婆還是一直勸誘著表弟。

後來在某個偶然的場合，親友難得齊聚一堂，回憶起許多陳年往事。姨婆指著我說：「你從小就好乖，我看過你。」

外婆接著說道：「是呀！真的好乖。有一次，他聽到叫賣聲，買了個豆沙包回來，拿到田裡，想要給我吃。我一直說：『阿婆不要，給你吃，給你吃。』他就站在田裡，過了好久才說：『阿婆，你的手汙濁濁，才做不得吃呵？』」

外婆說完這些話後，空氣忽然凝住了。每個人都好像回到當年的場景，想像著一對祖孫在田間的對話。

這件事我早已不復記憶，要不是外婆偶然提起，我哪會記得？我忽然懂得一些事情，也從此記得，豆沙包裡，有一份長輩對我的愛與關懷。

田園好生活

那是我一歲多到五、六歲的年紀吧？

剛出生時，外婆來我家幫媽媽坐月子。她喜歡小孩，央求母親跟父親說，讓我到鄉下去住。父母親都忙於工作，正好鄉下人手多，有阿姨們可以幫忙照顧。因此，我被帶到屏東縣內埔鄉義亭村檳榔林，童年就在此地度過。檳榔林有個小公車站，車班個把鐘頭才一班，站牌旁只有我們一戶人家。那兒有一大片平疇綠野，青山橫亙在遠方，恰似一座彎曲有致的長城。家，在平原的中央，放眼望去，小河床、矮梯田，終年長青的樹群，一切都是平坦坦、綠油油的。

農家的生活，日出而作、日落而息，是好久以來的傳統了。哪裡只是這樣呢？天還沒亮的時候，阿公就荷著鋤頭，走向黑布幔下的稻田，一一檢視稻子夜來可曾安穩？有時露水太重了，必須立刻把田埂挖個缺口，讓冰涼的水迅速流去；這個缺口開了，相連的下一塊田又漲滿了水，一個接一個地挖，水就一畦接一畦地流。水流得太急的話，靠近缺口的稻苗又會禁不起沖激，嬌弱地垂臥下去。於是，又去把秧兒扶正，再掘把土固定它的周圍。

等到阿公回來時，星月已悄然引退，日頭早已穿透廣場前的綠竹，射出一線線耀眼的光芒。阿婆也備妥了早餐，全家人一起用膳，再換上工作服，準備下田去。小小年紀的我，常常留在偌大的曬穀場上玩耍，或是陪著阿婆到幫浦井旁，看她洗衣服。幫浦井是公用灌溉的大井，抽水馬達時常運轉，井水直接流入家門旁的溝渠，清澈見底。有時我也跟著大人們到田裡去，看他們犁田、播種、插秧、踩水車。好大片的田原，只有零零落落的幾個人，每個人都頂著斗笠，戴著黑色的手臂套，任憑汗水一串串地流著，溼潤了雙頰，也溼透了衣裳。

我對著高高的水車感到好奇。一塊塊排列整齊的犁片，組成平面長方形的鐵架，豎立在較大的溝渠旁。風大的時候，大人們加點勁兒去踩，犁片就快速旋轉，轉成圓形的輪圈，從下方一直把水打上來。踩的人越多，步伐越整齊，轉出來的水就更多。劈劈啪啪的水聲，夾雜著風聲、吆喝聲，總要耗到晌午，才會夠灌溉。

大夥兒忙完後，又會有新的畫面出現。除草、施肥、噴藥、收割、曬穀……這些工作周而復始，雖然永遠忙不完，但趣事也一籮筐一籮筐的跟著來。有一回，大家都彎下腰，跪在水田裡，用手掌在稻莖旁繞一圈、摸兩次，把那些雜草一小撮小撮地拔去。突然間，阿婆站起身子，手一揮，大聲喊道：「小倫，這給你。」說時遲，那時快，一個怪物自天而降，從我面前飛過。我瞪大眼睛行注目禮，趕忙撲上前去。原來是一隻肥大的田雞。當晚，多了一道可口佳餚，大田雞剛巧放滿一只碗，味道很鮮美。

也有些時候，大人們在田中忙，我一個人會在樹上忙。庭院前的楊桃，結滿在樹上，掉滿在地下，永遠吃不完。龍眼、蓮霧、芒果、木瓜、芭樂、香蕉、甘蔗、柚子……共有二十來株，夠家人四季大飽口福。逢到那盛夏時節，長輩看到我坐在龍眼樹上，右手摘、左手吃，吃得不亦樂乎的情景，總會再三叮嚀著說：「小心不要掉下來喔！」一會兒又說：「龍眼不要吃太多啊！會上火。」他們並不吝惜我吃多少，倒是擔心吃多了不好。每樣水果我都很喜歡，最能使我心怡良久、百吃不厭的，大概還是田邊的蓮霧了吧！

稍稍長大以後，我也可以勝任差事了。阿公給了我一把小鋤頭，可以刨出小土坑，種菜豆。那是讓我玩遊戲，哪裡指望有什麼收成。印象中菜豆架有二層樓高，長大後才知道不是這麼一回事。我停格在年幼的圖畫裡，腦海中的比例尺並沒有跟隨年齡一起長大。

南臺灣的稻作一年可收成三次，午飯過後不久，大人們小憩一番，而我會騎在牛背上，邁向田野。小狗也汪汪吠吠地追過來。老牛、小孩、小狗，構成了聲勢浩大的「三人行」。我們頂著大太陽，隨意溜達前進，是要驅趕鳥兒，不准偷吃稻實。雖然，稻草人也能迎風招搖，但是，我們的目標顯著，行動方便，效率可能更高吧？

這裡氣候炎熱。整個夏天，全身長滿了痱子。在農地工作的時候，全身防曬，裹得緊密，那貼著臉頰的斗笠帶子，也被汗水弄得溼黏黏的。可是，將近傍晚時分，又會開始烏雲密布，雷聲大作，下起傾盆大雨來。原本坐在牛背上，望遠山、親和風、賞玩稻香的我，常被隆隆的雷聲嚇得魂不附體，三步併做兩步，硬是拼命趕著牛回家。偏偏我的力氣小，拳頭和腳跟都用上了，就是沒法讓老牛聽話。眼見小狗一溜煙的衝回家了，笨牛卻還拖著沉緩的腳步，呼喘著大氣慢慢走。好幾次家門在望時，大水珠嘩啦啦的落下來，我還是成了落湯雞。

大雨過後，葉兒新綠，天空也亮了些。這時小朋友會去撿蝸牛，土牆邊、樹幹上，還有田埂小路旁，隨處有蝸牛爬行。回家後，大桶的蝸牛灑落在砧板上，用刀背敲碎牠們的殼，再丟去池塘裡餵鴨子。我也常常會到溪流邊釣青蛙，釣竿、釣線，線上綁著一條蚯蚓，放在草叢邊，故意彈跳幾下，青蛙就被引誘出來而後上勾了。上勾的青蛙收伏在布袋內，命運也是丟入池塘內，鴨子會追逐牠們，享受一頓美食。大自然是一條循環的食物鏈，食物鏈最後的終結者是「人」，人可以說是自然萬物最大的天敵。

日暮低垂時，炊煙四處升起。我有時在廣場邊洗澡，盡興玩水。接著又有分豐盛的晚餐，新鮮美味的菜餚，以及餐後的水果，這一切都給人好完美的感覺。阿公常夾起半瘦半肥的猪肉，口口聲聲讚美這是「靚猪肉」，要我好好品嚐。客人到訪時更是殺雞、宰鴨，美味幾乎都是自家生產。席間說不完的話題，會延續到飯後再說。我這個最佳聽眾，好喜歡聽些數百公尺外村莊的新聞。阿公講到興頭上時，也會問我一聲：「明天要不要去玩啊？」阿公騎車到村莊去，大約一週一次，可以開開眼界，令人雀躍不止。於是，一邊點頭，一邊扯著阿公的手臂說：「一定哦！一定哦！」阿公都笑了。

就這樣，大人們天南地北的聊，我也隨興傾聽。而阿公這句話，每次都問得我心癢癢的；因為，我知道，明天又可以坐在腳踏車的前槓，前往市集，採買生活日用品。那兒有好多人、好多東西，採買完事，偶爾還可以吃西瓜。我想像著明天的快樂里程，對著滿空的星星，懷著無數個心願，進入了甜蜜的夢鄉。

長途火車

長途火車不只是迢迢千里路途的長，也是時間遙遙無期的長。

小時候媽媽常帶我坐長途火車。媽媽回娘家，從桃園坐到高雄，再從高雄換車到屏東，為了省錢，只能坐每一站都停的普通車，往往從清晨坐到黃昏，大約十個鐘頭。車箱內擠滿了人，乘客上上下下，媽就是不准我們亂動，普通車是不劃位的，好不容易捱到家人在一起的座位，一起身可能座位就沒了。大人有大人的考量，可苦了我這個好動的小生命。坐在車上，除了東張西望，什麼也沒玩到，有時大人嫌小孩子吵，還哄騙我們說：「不要講話，火車才會開得比較快。」

這次有點不同。放暑假了，我很想去外公家玩，可是爸媽工作忙，抽不出空，於是放我「單飛」。那年十歲，第一次獨自一個人坐長途火車，的確很刺激！普通車剛駛離桃園站，我就開始數數兒。第一站是內壢，第二站是中壢，第三站是埔心……，唸完站名，再仔細看看公里數，下一站六·一公里，下一站三·八公里，大概知道下一站比較快到吧？

車窗是開的，電風扇在頭頂上咿呀咿呀地響著，可是不管怎麼吹，吹進來的風都是熱的。沒多久倒茶水的服務生來了，一杯二十元，只要人還坐在車上，他就不定時地繼續沖茶。小孩童不愛喝茶，我看了一下他，眼神立即瞥向窗外。我還記得那種很庶民化的茶香味，長大後一直懷疑那清茶是鐵觀音吧？

火車雖然每站都停，行駛的速度卻很快。車到了湖口，看到月臺懸空立在水面上，還真有湖的樣子。車進了苗栗縣境，山洞忒多，一進山洞，大家急忙拉下車窗，免得吸盡蒸汽火車頭帶來的一鼻子灰；等到一出山洞，大家又急忙拉上車窗，多換取一點新鮮空氣，偏偏有些山洞距離好近，車窗拉上拉下，夠你忙的。有時剛出了山洞，就跨上大河，火車疾駛在橋墩上，製造出迴盪山谷間的過橋聲，甚是駭人；又有時剛過完大溪，又鑽入山洞，那震耳欲聾的轟隆隆聲，一樣駭人。

過了不久，車廂內有人叫賣便當。他們斜背著肩帶，胸前頂著大木盒，盒內有便當和許多零嘴、飲料，每回「便當！便當！」的叫賣聲響起，總引起一陣騷動，還是看的人比買的人多。賣便當的時間早了些，還是有人急著先買，放著。有人喜歡停車後，向月臺上的小販買便當，是菜色比較多變化吧？不過，小販的技術要好，常常看到火車開動了，他們還在邊跑邊追，追著拿錢或是找錢，銅板就丟落在月臺上、鐵軌上。偶爾，那些小販也會搭一段便車，然後再坐一段「回頭車」，來來回回在車廂裡叫賣，對他們來說稀鬆平常。乘客都儘量慢點兒吃中飯似的，車都開過彰化、員林、二水了，還有許多人買飯吃。

普通車開得並不慢，只是好幾次都在等後面追上來的「快車」，有時一等就是半個鐘頭，真急死人！這時候有些人走到月臺上，伸伸懶腰，一聽到鳴笛聲，趕忙跳回車上；也有些人痴痴地望向窗外，心底嘀咕不已。太熱了，我沒有買便當，乘機向小販買了一枝「枝仔冰」消暑充饑。普通車不僅滿載客人，也滿載許多貨物，抱小孩的、挑扁擔菜籃的、提著大包小包裡面帶些雞、鴨、酒呀的……全都上了車。車上人聲喧嘩鼎沸，就像熟朋友閒話家常一般。這是庶民生活的一部分，平凡而自由自在。

火車繼續向前駛，應該快到了吧？看看窗外，稻苗由嫩綠而茁壯、而黃澄澄一大片，已經可以收割了。愈往南，植物生長週期更早。鐵道旁由斷斷續續的矮房、變成綠野平疇，一直綠到遙遠的山脈。彰化大佛匆匆一瞥過去了，檳榔樹像標兵一樣倒退了，迎面而來的是越來越像屏東外公家的景觀。我有點亢奮，期待即將到來的日子，那是典型農家生活的感覺。

這趟長途火車我沒有亂花錢，也沒有坐立不安，靜靜地觀看周遭的景物。我回想起媽媽帶我坐上長途火車的情景，真是煞費苦心！記得上車前，早就為我準備好水壺、茶葉蛋、零用錢，還記得查票員來驗票時，她要求我坐低一點，再拿件大衣服遮住我的下半身，這些都是她省錢的方式。當然這一次她也請外公先到高雄火車站接我。

記得剛下高雄車站時，外公喊住了我，祖孫相見，格外歡喜。

蓮霧樹的回憶

今天走入師大校園，忽然發現校門口有一對蓮霧樹，枝椏被削去許多，顯得高聳直立，蒼勁而挺拔。

上回在景美國小圍牆邊，也看到了蓮霧樹，一樣是挺拔有力地向上攀升，只不過它的身旁多了些其他的樹種，有點兒像在夾縫中求生存的感覺。

再上一回是在淡水的古廟旁，有一棵亭亭如蓋的蓮霧樹。它的枝葉茂密，果實纍纍，從下往上看，簡直就是密不透風的立體傘蓋，所有細縫都盡可能布滿了綠葉紅果。這是我見過最得天獨厚的果樹了。

而再上一次呢？是環島騎單車來到北宜公路時，路旁間隔有序地種植了多棵蓮霧樹；還是閒逛貓空茶園的小山坡時，不期而遇的路旁小蓮霧樹？還是全家扶老攜幼，特地前往大溪郊外的觀光果園？這些事依然印象清晰，但是都比不上令人懷想的童年。

那是好久以前的事了。童年居住的農家，有棵蓮霧樹長在庭園旁的小土丘上。仲夏時節，和風暖薰薰地吹著，葉兒沙沙作響，側目一看，青白色的果實似乎又紅了些。蓮霧樹很高，人很小，為了採摘幾顆甜蜜的果實，我必須費盡九牛二虎之力向上爬。蓮霧樹有分岔的軀幹，樹皮又光滑，就像筆筒內斜插的兩枝鉛筆。枝椏樹葉間，常見毛毛蟲光臨，這裡是蝴蝶可愛的家園。通常在枝椏的最上端、最末梢，也就是日照最充足的地方，果實最紅、最甜。可是攀折末端的嫩枝，風險也愈來愈大，樹高風大，若不小心折斷枝條，那就準備親吻稻田裡的軟泥巴了。最令人心癢癢的，就是正在費盡心機採摘果子時，又看到前端不遠處有顆更碩美的果實，而自己的手就是不夠長。於是，看準目標，汗水淋漓到盡頭，才得以獨享成串紅潤的美食。蓮霧像個小鈴鐺，一串串高高地掛著，十分誘人。等到接近它時就會發現，一串鈴鐺有青也有紅，許多紅屁股的早被鳥兒捷足先登。這時也顧不得其他，在衣服上搓兩下，有得吃就好了。站在高高的樹顛，迎風啃食蓮霧，再向田裡忙不過來的家人打招呼，那副心情多麼愜意！家人也會伸手討食，這時一手抓牢樹枝，一手奮力丟球，總想建立大功而後止。

童年就像停格的照片，一直停留在那裡，照片或許發黃了，往事依舊浮上心頭。浮上心頭的往事，牽動嘴角的微笑，那是令人懷想的童年。

果樹的呼喚

農村有田，農家不只種田，也種果樹。

我家庭院前有一棵楊桃樹，枝椏很低，幾乎踩著就可以上去，往上爬，可以再攀扶頭上的枝幹，拉手跨腳地坐上高處。弟弟從後頭跟上來，需要買票，樹已經變成一頭火車，隨手摘下一片樹葉就是車票。買快車票，樹就搖得很快；買慢車票，樹就慢慢地搖。不管我怎麼搖，樹葉都落得很快，黃的，綠的，還有小顆的果實，隨風落地，沙沙有聲。坐在樹幹上的弟弟們，被搖得很快樂。

坐在樹上，隨手摘楊桃，邊吃邊丟核籽，涼風襲人，真是一大享受。其他的樹不太好爬。龍眼樹果實香甜，樹葉又茂密，常常是蜜蜂築巢的最愛。五阿姨曾經摘取蜂巢，摳取蜜泥，分食給大家。這棵樹不太好親近。有一回，二弟把大表弟招來樹下，又故意搖晃樹枝，自己一溜煙地跑開了。接著小工蜂就出來巡視一番，把表弟當成禍首，狠狠叮咬了一口，害得他哭了老半天。芭樂樹太滑溜了。木瓜的樹幹是水做的，一攀折就攔腰截斷。芒果樹太高大，我們都是一人用竹竿打果實，果實掉落當下，另一人趕忙用斗笠接住。萬一沒接著，果實會破個窟窿，未免可惜。柚子的樹枝即使枯了，依舊附著在樹幹上，抓到枯枝很危險。果真有一次，我望見柚子樹上有個鳥窩，好想撿拾窩巢裡面的鳥蛋，於是一個不小心，抓上一根枯枝，順勢摔了下來。人大概跌落半層樓高，砰然一聲，平躺在地上。阿婆從前門走到後花園察看究竟，才知道寶貝孫子傷得可不輕。原來果樹也有陷阱，輕狂的少年總是欠缺大自然給他的教訓。

愈高的樹愈難爬。有一回，四姨丈爬上了一棵椰子樹；五姨丈接著爬，到了頂端，他必須拉著伸展出去的大葉柄，用雙臂撐起身體，像吊單槓一般，撐起身軀坐在樹枝上。然而，他沒有力氣吊單槓了，只好溜下來。後來我乘大人不在的時候，有樣學樣，找一棵半斜傾倒而依舊生機盎然的椰子樹向上爬，爬沒幾步，就抓不住圓滾滾的樹幹，身軀差點兒往下掉。原來我真是個弱雞，讀了二十多年書的文弱書生，只能望樹興歎，再也不敢試了。

而今看到任何一棵樹，我都會在心底估量：「這棵樹好爬；那棵樹很難爬。」但是城市裡只有行道樹，而且都不能爬。

爬樹的日子畢竟離我遠去了。

捉泥鰍

那天是豔陽高照的好天氣，我和弟弟妹妹們走在田埂路上。田埂路旁，有一條清澈的溝渠。天光映照在溪水上，閃閃熠熠，不經意間，我們發現溪中布滿了泥鰍。

大家蹲下來，仔細看著這些泥鰍。牠們的身形差不多，好像睡著了，幾乎靜止不動。有的平臥在溪床上，與溪床的泥土同樣灰黃，保護色加在牠們身上，原本看不清楚的泥鰍，這回卻在清澈的水流間無所遁形；有的斜躺在溪旁的草叢間，好像不著床，輕輕的、柔柔的、彎彎的漂浮著；還有些穿梭在渠道間，優游自在的隨著水流漂移。原來有這麼多呀！

頑皮的小孩子想出妙計！趁著水流清清淺淺的時候，堵住兩頭的出入口，開始捉泥鰍。沒有網，就用雙手捧住；沒有瓢，就找個袋子接住。泥鰍從手指間滑掉了，水中揚起泥沙，一片混濁，這時要發揮耐心，等待溪水靜止不動了，重新來過。只要水流保持清澈，這些泥鰍就可以手到擒來，把牠們統統帶回家去。

短短的一條小溪，帶給我們豐收的喜悅。回想起來，那已經是三十多年前的往事了。歲月更迭，陵谷變遷，隨處常見的清澈小溪已經消失得無影無蹤；倒是包美聖傳唱的那首歌——〈捉泥鰍〉，不時在我耳際響起：「池塘的水滿了，雨也停了，田邊的稀泥裡到處是泥鰍……」

端陽外一章

那年的端午節，炎陽高照。許多民眾趕去鎮南郊的「變天池」，觀賞龍舟競渡。高高的堤岸上，萬頭鑽動，粗一點兒的樹幹上有人，樹下也擠滿人，眾人的脖子伸得好長好長，目光都朝向划龍舟的方向。

那時我個頭小，才八、九歲吧！在人群裡擠來擠去，好不容易擠到岸邊，還是覺得距離太遠，看不清楚。只見墨綠色的大水汪汪，一波波拍打涯岸，波濤洶湧可畏。看不出什麼名堂，索性回頭，走到堤防的另一邊去。

堤防的另一邊有個蓄水池，用來調節大水池的水量。我小心翼翼的向下走，走向水邊，慢慢的將水注入我的水槍。忽然間，腳下的石塊鬆動，一跤跌入水池裡。於是死命亂踢，身體忽上忽下、載浮載沉。我看到水色黃黃濁濁，水草越接近根部的地方附著越多的黃泥巴。身體用力踢，踢掉自己的一隻鞋，踢到水面上時，我聽到嘈雜的人聲：「救命呀！救命呀！」嘶吼、吶喊，接著就是咕嚕咕嚕聲。不久，一位壯漢把我攔腰舉起。

到了岸上，驚慌失措的鄰家玩伴，趕忙上來攙扶，是他先喊救命的。還來不及向那位救命恩人道謝，只匆匆瞥見「信東藥廠」四個字，印在他的一襲白衫長褲上，當時我並不知道，那漸漸消失的衫影，會是我心頭永難忘懷的印記。直到今天，每逢端陽佳節，我都會想起這幕情景：「有一位見義勇為的好心人，曾經救起一個懵懵懂懂的小孩。」謝謝你！你為這平凡的人世添上了幾許溫暖。

洗冷水澡的日子

每年端午到中秋，是我洗冷水澡的日子。

剛開始的前幾天，會有一股涼透背脊的感覺。為了驅寒，先讓冷水澆澆臉、拍拍四肢，接納了這個溫度，才開始把冷水從肩膀往下灌。有時候一盆水澆灌而下，清涼直沁心脾。更多的時候會打哆嗦，當冷水流向背脊的剎那，真夠嗆！那是一番寒徹骨的感覺，真的會讓你在浴室內跳起來，一下子就跳到了天花板！不過，咬咬牙也就過去了，第一趟冷水最冷，以後的冷水就不再那麼冷了。

農家的三合院中間是曬穀場，房屋圍繞之外，還有綠籬。那時水電並不普及，家家戶戶都是燒柴煮飯，也煮一大鍋熱水輪流洗澡。可是我這個小男生例外。每天中午，大人們在曬穀場上放好一大盆清水，曝曬於陽光下，到了傍晚，再使喚我到綠籬下洗身。當時年紀小，周圍沒外人，常常邊洗邊打水仗。夕陽下山後，涼風襲人，帶有太陽味的溫水也會變涼，這時就草草收兵，明日再戰了。大人們趁著傍晚餘暉，趕忙煮飯；家人在用餐完後，坐在廣場上聊天，用蒲葵扇撲打蚊子，很懂得利用大自然的資源，節能省碳。

有一回，我們到南投信義鄉的親戚家參加婚禮。那兒位處山區，交通不便，親友們只好前一天趕來赴約。到了晚上，遠道而來的親友齊聚小廳堂，眾聲喧嘩，好不熱鬧。此時男主人來到我身旁，輕聲說道：「今天人太多了，我們家只有一間浴室，讓女生洗。我們幾個男生到河邊洗澡去吧？」

到了河邊，主人發給每人一顆檳榔，要大家嚼一嚼，說是為了驅寒。那是我第一次嚼檳榔，又苦又澀，根本不好吃！沒兩口我就吐掉，接著就後悔了！因為，我沒有嚼出檳榔的溫度，沒法子抵抗河水的冰冷。冷風冷颼颼的在岸上吹，水裡的溫度更是有夠低……

「不是春天了嗎？河水還這麼冷！」主人告訴我說：「看到那白皚皚的山頭沒？那就是玉山！這就是從山上融化下來的冰水。」

主人說得好輕鬆，洗一洗還順勢游了一圈。我卻一直在發抖，抖得牙齒打顫，咯咯作響。有了那次經驗以後，我反而喜歡上了冷水澡，有好長一段時間，家裡的冷水洗起來比溫水更舒服。

至今喜歡洗冷水澡的另一個原因，應該歸功於成功嶺受訓的日子吧！每天三分鐘的戰鬥澡，全身抹一遍肥皂，沖一次身體，就是莫大的享受了。哪有人在意洗冷水澡？每天出操，全身汗流浹背，沖涼真是人生一大享受。直到今天，我仍然在每年的夏天，享受沖涼的樂趣！

勤勞獎

參加剛兒的小學畢業典禮，十分熱鬧。畢業生統統有獎，除了市長獎、議長獎、校長獎之外，還多了許多很炫很酷的獎，像什麼「樂觀進取獎」、「陽光少年獎」、「熱心助人獎」……，紛紛出籠。頒獎流程很順暢，再加上精彩的舞臺秀，全場皆大歡喜。

坐在臺下觀禮的我，想起自己的小學畢業典禮，曾經得到很少人聽說過的——「勤勞獎」。

那時，畢業典禮是很慎重的大事。頒獎更是重頭戲！全校只有六班同學，獎項不到十個吧？縣長獎、鎮長獎……都被平日表現優異的模範生拿走了。越到後面，得獎的機會越渺茫。全勤獎來了！這個獎不限人數，只要在校六年沒有請過假的，統統有獎。於是我看到幾乎成績較好的同學，全都上臺領獎了。每個人被叫到名字時，都非常筆直的杵立在那裡，就像平日被老師叫到名字時，一動也不敢動的樣子；不同的是，他們臉上有光，嘴角揚起淺淺的微笑，偏著頭尋覓他們的家長。

有人看到我了。看到我仍然坐在位置上，他們露出詫異的眼神。可不是嗎？我的功課還不錯，雖然拿不到前面的獎項，但也該有機會領獎呀？我心裡想，大概沒機會了，只好垂下頭來。

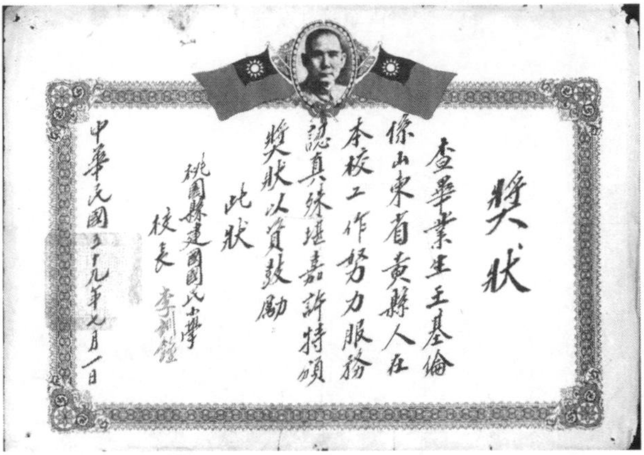

獎狀

查畢業生王基倫
係山東省黃縣人在
本校工作努力服務
認真殊堪嘉許特頒
獎狀以資鼓勵
此狀
桃園縣建國國民小學
校長
中華民國五十九年七月一日

我的「勤勞獎」獎狀。

不久，老師忽然說道：「現在頒發勤勞獎。得獎名單是：「王基倫」。

天啊！我得獎啦？還有獎呀？一連串問題浮上心頭，我已經走上禮臺。從師長手中接下獎狀時，真的高興萬分。那些「一帆風順，鵬程萬里」的話，忽然間變得有意義起來，我彷彿得了神通似的，準備踏出校門後就要好好表現，為校爭光！

這張獎狀的紙質很好，紙幅很大，全文沒有標點符號，全用毛筆寫成，寫得古典而雅潔。這是我的導師陳善鳴先生的親筆字，使我想起他好幾次在暈黃燈光下揮毫的情景，難道這張獎狀是他特別給我的鼓勵？「工作努力服務認真……」的字句，給予小小心靈一個肯定，也指引了我未來努力的方向。

事隔多年，這張獎狀的意義益發深遠。

我臥讀書牛不知

在歡送傅武光老師退休的餐宴上，老師忽然聊起蘇東坡的這句詩：「我臥讀書牛不知」*。老師一邊談詩，一邊比畫手勢，形容東坡橫臥在牛背上，四肢平伸，逍遙開懷，一副天大地大，任我遨遊的情態，那真是牛也不知其樂的快樂。當他隨意拈出詩句，靈機說解，真情浮現的當下，時光彷彿回到了二十多年前上課的場景，真有如沐春風的感覺。

對拿過鋤頭、下過田的人來說，常常感受到農事備極辛勞；唯獨「放牛」這件事，說不上辛苦，反而是很浪漫美好的經驗吧？

從個頭很矮的時候，我就拉著牛尾巴、扒著牛屁股，踩著牛後腿彎曲的關節骨，像在峭壁邊拉繩索似的攀上牛背。農忙時節，大人常叫小孩去放牛，有時像個活生生的稻草人，走到哪裡，麻雀就群起而飛，群起而落。這是件好玩的差事。每天傍晚，帶牠到小河邊吃草，順便割些帶有白毫芒刺的牧草回家餵食，生活優閒自在。

牛通常是溫馴和善的，只是一發起牛脾氣來，我這個小小牧童奈何不了牠。有一回，牠看到路旁一塊水塘，興匆匆地直往水裡去，我騎在牛背上使勁的拉，牠不理我就是不理我。眼見就要落入水中央了，我只好從牛背上一躍而下；牠老兄卻優游自在的泡水。泡了好一陣子，好舒服，又來兩個翻滾，滾得水底汙泥濺得滿身，全身髒兮兮的，牠依然賴在那裡。那時只能眼睜睜的看著牠，叫天天不應，叫地地不靈，完全沒輸。牛老大想怎麼樣，就怎麼樣！

騎在牛背上，視野變得好遼闊，眼底淨是旖旎風光。風在吹，日在曬，一大片綠油油的秧苗，隨著風勢跳起波浪舞，閃耀著一片片白綠色光芒。等到稻穗成熟時，飽滿的顆粒低垂遍野，風吹草偃，又帶出滿地金黃的景象。頂著斗笠，坐在牛背上，真是心曠神怡。

東坡「我臥讀書牛不知」這句詩，很傳神的描繪出牛背上自由自在的閒適感，令人心嚮往之。可惜我當時年紀小，沒有在牛背上讀書；要不然，一定更能體會牛背上的快樂吧？

＊蘇軾〈書晁說之〈考牧圖〉後〉：「我昔在田間，但知羊與牛。川平牛背穩，如駕百斛舟。舟行無人岸自移，我臥讀書牛不知。前有百尾羊，聽我鞭聲如鼓鼙。我鞭不妄發，視其後者而鞭之。澤中草木長，草長病牛羊。尋山跨坑谷，騰趠筋骨強。煙蓑雨笠長林下，老去而今空見畫。世間馬耳射東風，悔不長作多牛翁。」

鄉音

扭開FM 93.7臺北寶島客家電臺，隨意飄來陣陣熟悉的鄉音，他們在談天，在唱歌，盡情歡唱帶出濃情蜜意的笑語聲。我努力學習聽懂它，偶爾跟著哼哼唱唱，也很想call in進去，但終究還是不敢。我知道我那一口破客家話，只能跟別人談上幾句，然後就詞窮了。

然而，源自身上一半的血緣，讓我一直很想嫻熟客家話。電視臺的客語新聞播得字正腔圓，總覺得生硬了些。倒是公共電視臺播出的連續劇《寒夜》，讓我回想起阿公那一輩務農的艱辛，聽起來好熟悉。這才驚覺，原來我的客家話病灶所在，不是發音問題，而是我停留在小時候生長的客家庄環境中，只能講些蔬果雜糧，面對臺北都會生活，我已失去了語言表達的能力。

這種血脈不相連的感覺，真不知有幾人與我感同身受？走在路上，偶爾聽到旁人說國語，從他那甘甜的喉嚨，發出穩重而沉厚的口音，有時夾帶著尾音揚起，我就能判斷他是位客家鄉親。在公園裡，也常見客家族群聚在一起下象棋。雖然我沒辦法用流利的客家話和他們攀談，但那一分親切感仍會打心底升起。有時鼓起勇氣和他們閒談，換來的都是堆滿笑容的熱情。在菜市場，在街角，我們常從「你從哪裡來」的話題開始，以

「來坐」、「再來聊」結束。

常常在想，是什麼因緣，讓我們萍水相逢，卻又能興高采烈的閒話家常？血濃於水就能解釋這一切嗎？還是說，當我們流落在臺北街頭，沒有多少機會說客家話時，潛意識裡更希望能聽到自己的鄉音？或許電臺傳來的鄉音，不止是一個學習客家話的機會，也是一個心靈得到寄託的場所吧？

輯二　成長經驗

青少年，從桃園到臺北。

中學六年，就讀於天主教會學校，學校升學成績赫赫有名，卻也飽受體罰之苦。那段不快樂的日子，培養出按部就班的生活方式，也激勵出堅忍向上的恆心毅力。高中有一段起死回生的努力過程，考取臺灣師範大學的公費生，是人生的一大轉捩點，愈來愈能自我肯定，追求快樂。

先鋒將軍

參加高中聯招後，我落榜了，一所學校也沒考取，只好轉讀私立高中。學校學費很貴，有些人吊兒郎當的，在這種氣氛下讀書，弄得我什麼都提不起勁。校方為了提高升學率，實施「大留級」政策，高一三班，高二兩班，高三只剩一班，其他人全被刷掉了。我的成績常常吊車尾，本來就很自卑，還要活在「留級邊緣」的恐懼中，真有力不從心的感覺。有些同學被迫轉學，有些同學被降級，我只是一個勉強及格，哦，不！應該說是差點兒留級，一再補考，僥倖能矇到畢業的一個笨學生而已。還記得高一升高二時，必須只有兩科不及格才能升級，我的英文、數學、生物的學期成績都不及格，只得參加補考，幸運地拼過生物科，才能繼續唸高二。高二升高三時，英文、數學還是不及格，又再一次參加補考才過關。記得考取大學後的某一天晚上，還夢到被叫回母校、參加補考、才能領回畢業證書的情景，那簡直是時空錯亂的荒謬劇，也是一段壓力漫長的黯淡歲月。

常常在想：為什麼我能夠在這麼沉重的壓力下，苟延殘喘，「置之死地而後生」呢？想來想去，恐怕還是一種機緣吧！記得高二分班後，我因為數理成績差，只能讀社會組。第一次發回作文，國文科夏克馨老師把我叫住，大聲張揚地喊道：「你拿了八十分，下次要參加作文比賽！」看著毛筆正楷「八十分」三個大字，我稍稍領會老師的意思，這是他給出去的最高分，足以代表班上同學出去比賽了。我心底在想：這不是「蜀中無大將，廖化作先鋒」嗎？

後來，我真的當了很多次先鋒。也不知道是不是先鋒當久了，就該當主帥？有時主帥也會「搴旗斬將」回來，全校高中部只有六班，每班只有一名代表，拿到前三名不算太難；有時僥倖拿到第一名，心底就告訴自己，一定是題目太對味了，要不然怎會這麼幸運呢？拿到校內首獎就必須參加校外比賽，全縣的省立高中只有四所，有機會拿到前三名後，還是告訴自己是運氣好。直到後來，比賽經驗多，獎品越來越豐富，領獎層級也越來越高，我才發覺，原來自己的作文實力可以放到全國競賽場合一較高下。後來果真在中華民國孔孟學會的高中組論文競賽得到佳作。

原本成績常常吊車尾的我，班上朋友很少，上課聽不懂也不敢發問，怕問了之後被大家笑，自卑感使人越來越不快樂。直到知道自己還有一點長處，藉此找回一些自信心，也才瞭解到肯定自己、力爭上游的重要，這是快樂的泉源。俗話說：「寧為雞首，不為牛後」，還真有幾分道理哩！

三角函數

這是一則不可思議的故事，卻很扎實地刻印在我心版。

讀高中時，我真的很怕數學。幾何還好，代數就很差。尤其遇到「三角函數」那一章，根本沒轍。只記得臺上老師講得又快又急，講完一題就問大家：「懂了沒？」一片鴉雀無聲之後，老師就說：「你們都『默認』懂了呵？只有『默認』，沒有『默默的否認』呵！」天知道，我根本有聽沒有懂，連問題都問不出來呀！

那次月考就只考「三角函數」，老師縮小考試範圍，希望我們集中心力弄懂它；她又顧慮到考題有點難，就全考選擇題，共二十五題，每題四分，不倒扣。也就是說，不會寫的也可以猜，每人猜到一些分數，多少讓帳面好看些。

幾天後，考卷發下來了。不會吧？瞪大眼睛一看，八分？我只猜對兩題？天啊！我不但不懂數學，連運氣也「背」到極點！那是我最難看的月考成績，真不知怎麼對父母交代？

我忘了當年是怎麼對父母交代的，但我記得，一年後我對自己有了交代。

那是在聯考大限前的三、四個月。為了聯考，為了將來的前途，我硬是啃下一本厚厚的《三角函數》參考書。從第一頁開始，先看例題講解，看得懂，就選下面的一個練習題作作看，作對了，就跳到下一頁。有看不懂的地方，就「抓」一些同學來請教。同學的程度都比我好，但也不能耽誤大家的時間，於是今天「抓」這個，明天「抓」那個，輪流請教同學後，我也把整本參考書作完了。後來我還買了《向量》參考書，也是每頁作一題，輪番請教同學，如法炮製。這兩單元弄懂了，我的數學成績大躍進，模擬考成績扶搖直上，聯考成績也考過了高標準分數。

這段起死回生的過程，刻骨銘心。我常常想念那些好同學，他們如今也在各行各業擁有一片天空：陳文力、陳鼎要、李金嶺、蔡漢民、李振華、陳炳宗、馬復華、支希文……

選擇

周子曰：「菊，花之隱逸者也；牡丹，花之富貴者也；蓮，花之君子者也。」如果問你，喜歡哪一種花呢？或許很少人不回答蓮花的吧？蓮花身帶淤泥，不見得那麼地美好；問題在於周敦頤寫下〈愛蓮說〉，而且只提供三種選擇。

人生常常必須面對選擇。這時候，先去除最不可能的選項，譬如先刪去牡丹，而後剩下二選一，選對的機率就由三分之一提升為二分之一了。然而，在使用消去法的同時，似乎也逐步失去了直覺的審美判斷能力。這是件好事嗎？

其實，我們可以喜歡的對象很多，如果不用選擇，那就海闊天空，無所不能了。憑直覺，憑美感經驗，可以選桃花、李花、杏花、櫻花、梅花、木棉，乃至金針、海棠、鳳仙、薰衣草、牽牛花，大千世界，無奇不有，而又何所不能得？說穿了，選擇限制僵化了我們原有的想像空間。

記得大學聯考的前夕，英文科黃坤錦老師忽然提出一個問題：「人生最痛苦的是什麼？」我舉手回答：「是等待。」下意識覺得，考前的複習都已經滾瓜爛熟了，課本加筆記加參考書加考卷都翻爛了，真巴不得考期就在明天，讓我們決一死戰吧！老師卻說道：「等待還有希望，就像兩個流浪漢在等待著果陀的來臨。然而，選擇就不是這樣了，所有的選擇都代表著背後有一個失去，當我們選擇其中一個時，就失去了其他。就像選了這個科系就讀，就不能再選其他科系；選了她作為女朋友，就不能再選其他……」

教室頓時寧靜下來，心海震蕩不止。如果可能，我寧可等待，不要選擇。

沙灘上的邂逅

好多年前，我曾在白沙屯海濱捉螃蟹。不，或許應該說是「撿」螃蟹吧！那年的螃蟹特別多，多到把石頭翻起來，就看得到四處逃散的螃蟹族。螃蟹多屬中等身型，個個身手矯健，一被人發現，它就立刻再找個沙石底下鑽。這時要盯緊它的方位，先用手按住它的背，再用另一隻手夾住它的兩側，才能手到擒來。按住它的背時，它會來個「潛盾法」，身體不停地往沙底沉。我們也必須跟著稍微用點力，估量它的位置，不讓它逃走。畢竟有個龐然大物在它的頭頂上，螃蟹很難逃於天地之間。

印象最深刻的一次邂逅，卻是在毫無心理準備的情況下發生的。那天游完泳之後，拖著疲憊的腳步回家。忽然間看到一隻大螃蟹，披著金光閃閃的外衣，橫行霸道，橫亙在無垠的沙土上。起初跟在它後方走，它發現有人跟監時，急速加快腳步。看著它前進的方向，正是大海。於是來個惡作劇，拿起衣物在它前面幌一下，它馬上修正了斜行的角度。趕著趕著，已經趕到接近防風林的地方。

或許見獵心喜吧！天上掉下來的禮物，哪有不「撿」的道理？可惜我沒有帶手套，不敢貿然去抓。有幾次伸手要按住它的背了，它就在近身不遠處脫逃了。我隨手撿起地上幾根枯枝，想把它夾起來。「咔嚓？」說時遲，那時快，大螯一張開，我的「筷子」

斷了！和那雙大螯正面接觸，立刻縮手的人是我！那凸起的眼神，肆無忌憚的掃向眼前的龐然大物，大螯依然在夕陽餘暉中揮舞。好傢伙！目中無人，恣意妄為，真有你的！

最後還是擒服它了。把它安放在車前的籃框裡，上面再罩住衣服，然後我們騎著腳踏車回家。一路上，涼風迎面吹拂，腦海不斷湧現剛才的情景。再偷瞄一下籃中的大螃蟹，沒想到它的目光炯炯有神。得意的人不是我，竟然是它的光芒！那夕陽餘暉下耀眼的光芒。

改變的力量

大一新生的座談會上，我對新鮮人說了一則故事：

我讀大學的時候，有位潘燕翎同學是印尼僑生，因為他個性開朗，大家都喜歡和他做朋友。有一天晚上，他告訴我在印尼的生活情形——

那兒的華人很多，生活都是辛辛苦苦一點一滴打拼得來的。他家開雜貨店，日子還算過得去，只因為貨品擺得琳琅滿目，被當地人誤認為是有錢的華人，就放了一把火燒個精光。他們只好自認倒楣，重新添貨，重新開業，但也重新過著提心吊膽的日子。他在來臺灣之前，為了籌學費，把能賣的東西全賣了，包括心愛的腳踏車、家中所有的破銅爛鐵，而今真不曉得遠方的家人日子要怎麼過。

他說完這些話時，臉上勉強擠出一些笑容，反而要安慰我似的。我望著窗外，空氣瞬間凝結，靜謐而安詳，卻連一句安慰他的話都沒有。

大一下學期開學後，再也沒見到他的蹤影。聽說他回印尼去了，臨走時還說一定會再回來念書。我知道他又回去籌學費了，只是，還有什麼東西可以賣呢？一年之後，他還是沒復學，我也因此失去了一個好朋友。

你們知道我為什麼要說這則故事嗎？我想告訴你們：在大學裡，你可以交到很多知心的朋友，互相吐露心事，給對方打氣安慰。可是如果可以多付出一些，譬如我當時若懂得找老師、找社會資源、甚至找到一位有錢同學的家長，說不定就可以解決問題了。這可是影響到他一生的大事呀！我遺憾的是，當時不夠體貼，也沒觀察到樂觀的外表下有一顆受煎熬的心，亟須朋友伸出援手。

我想告訴大家的是，真正的朋友，應該互相體諒安慰，更要把心意化為實際行動。哪怕只是一點點力量，說不定就能改變他的一生！

畫竹

剛進大學時，被學長笑為「讀書種子」，只因為我讀的是國文系，每天與四書五經為伍，又去參加國畫社，課餘之暇常常用毛筆塗鴉，畫山、畫水，也畫竹。

不記得老師的大名了。只記得他從山水石頭教起，後來畫些花草樹木。我不喜歡畫那老松的軀幹，也還沒見過梅花，畫不出它們堅韌耐寒的味道，倒是從小看過不少竹葉，蠻喜歡畫竹的。

畫竹最重視起筆和收筆。先用一枝大長流筆，蘸飽墨汁，用點力把毛筆抵住紙面，然後輕輕擡起一點筆腹，向上拉去，畫出竹節的主幹；拉到一定長度，再用點力壓住紙面，慢慢把筆勢往回收，一小段竹節就成形了。接下去再從竹節頭分岔出小枝節，小枝節末端再由上而下，一筆一筆帶出許多竹葉，有濃有淡，有大片有小片，層層疊疊，畫出茂密而又搖曳生姿的風貌。

這一天，老師在示範教學時，換了一種方式告訴我們說：「其實，畫竹不單是畫竹而已。畫竹之前要先問一下自已，想畫竹子的什麼特色？」於是老師站穩腳步，身體微向前傾，大筆一揮，竹節蒼勁的感覺呼之欲出。他告訴我們如何收放筆力，畫出飽滿的竹節，或是用飛白的筆觸來表現中空的竹節。隨後，他穿插、點綴竹葉，因茂密而低垂。他告訴我們如何調配墨色，畫出光影照拂下的竹葉，或是初生的嫩葉。順著竹子的「生長」，也告訴我們如何留白，給觀賞者留出一片自在欣賞的天地。

看著他作畫的神情，自然想起「胸有成竹」這句古諺。老師筆下的竹子，生活在堅毅自持的情境，有一股旺盛的生命力，卻也隨風搖擺，留給人冥思遐想的空間。我因此知道，人在拿定主意之後，可以堅定向目標前進，時而停下腳步，過著隨和自在的玄想生活。

投手板上

從小我就不愛運動，尤其是又硬又難打的棒球。沒想到上了大學的體育課，什麼球都要打，包括棒球。

有人投球，有人守備，當然也有人擔任打擊。起初我也是守備的一員，有時守外野，跑來跑去，追球追得要命；後來才換到二壘手的位置，這工作可能是最輕鬆的了，因為它不必跑得氣喘吁吁，也不像一壘手忙著接球、踩壘包、封殺打者。還有，投手擋在前面，游擊手也常常跑到二壘包旁，他們都會幫忙防守二壘。我最得意的是，平常不打棒球的我，竟然有一次好整以暇的退到壘包後，穩穩的接殺了一名打者。

我們二年乙班同學默契足，打擊力強，也有些同學運動細胞不錯。打到七局上半，我們已經遙遙領先。這時候，投手忽然說他累了，推我上場。我不假思索的走上投手板，想到比賽前也隨便投過幾個球，對一個剛從成功嶺下來，臂力頗強的大男生來說，又有何難？於是我像電視轉播的那樣，環顧一下四周，雙手舉得高高的，左腳伸得長長的、很有架式的用力投出第一個好球。

「好球！」捕手蹲在那兒，向我比了一個大拇指呢！

「好球！」打者依然沒有揮棒，我心裡暗暗竊笑：下一球就解決你。

「好球？」正當我還在想這球是不是好球時，「ㄎㄧㄤ」的一聲，球飛得好高好遠，是一隻安打。從此以後，他們變了人似的，越打越順手，每棒都仔細挑選再打，打得我招架不住。我只會投直球，也只能每一球都投好球，只要一想投壞球，就會變成暴投；而用心想投好球的結果，就是隻隻正中直球進壘，好打得很，於是對手足足打了一輪，原本贏來的分數全被我一個人輸光了。球賽好像打不完似的，要不是有幾球落點不好，靠我的隊友賣力接殺，還真不知該怎麼結束？我只能用「灰頭土臉」四個字形容我自己。

該贏未贏，贏的人也很僥倖。體育老師說：「上次甲、丙、丁三班聯隊輸給乙班，罰跑操場三圈；這次乙班輸給三班聯隊，也罰跑三圈。」全體同學統統被罰跑操場。大家邊跑邊笑，有人追上來拍拍我的肩膀。我想起站在投手板上顧盼自雄的「英姿」，再想起同學被我「陷害」的情景，不禁笑出聲來……

合歡山瑞雪

那一年，我們參加了中華民國青年反共救國團舉辦的「合歡山寒訓活動隊」，也因此有機會經歷了一場瑞雪。

上午八點，從大禹嶺出發。路口已經交通管制，小汽車徘徊、遲疑、躑躅，一輛輛陷入進退維谷的窘境。

我們穿戴著厚重的裝備，全身裹得密不透風，連毛襪子都套上兩雙，襪子外再套上塑膠袋綁起來。步履蹣跚地向前走，那模樣不像是賞雪，倒像是行軍。

山路越走越陡，坡度越來越峭，迎接我們的是滿面撲鼻的雨水。定睛一看，不是雨水，而是掉落在身上立刻溶化的雪花。有人開始狂叫：「下雪了！下雪了！」

雪越下越密、越厚，衣服也越來越重，外衣全被打溼了。山谷有風，風勢更助長雨勢。大夥兒步履維艱，低頭縮手，蜷伏著身軀，在這迢迢不盡的山路邊緩緩前行。途中噓寒問暖之外，什麼也不多說，偶爾擡起頭來望向山頭，巴不得眼前最近的那座山，就是目的地。行進間，喝口熱水，真是莫大的享受。

約莫走了三個多鐘頭，終於來到克難關。來一張團體照吧！大看板前，風雪交加，明視距離不到五公尺。大伙兒或蹲或立，圍攏在這兒；這時風雪實在太大，別說看不清相機鏡頭，就連「克難關」三個大字，也被大雪覆蓋得模糊不清。匆匆忙忙咔嚓一張，大夥兒又繼續趕路。

逐步走向山頭，路愈走愈分明，天色也愈來愈亮。哇！合歡山到了！

這裡正是合歡山。下雪中的合歡山。雨雪稍微緩和，山頭一片白皚皚的景象，雪白、明朗、亮麗。天空是下過雪後透明的白，地面是積上厚雪的白，站在視野遼闊的山頂上，放眼望去，峰峰相連，盡是白茫茫的浩瀚蒼穹。每個人的臉龐凍得紅潤潤的，呼出來的空氣白飄飄的，心裡充滿了喜悅。看看合歡山莊門外的溫度計：「零下一度。」原來零下一度並不冷，反而很想走出戶外活動筋骨呢！

還是先去用餐吧！山莊裡熱騰騰的飯菜，溫暖每個人的心房。大夥兒心頭雀躍不已，頻頻望向窗外。忽然間，一朵雪花飄落窗臺前，仔細看去，雪已經停了，原來雪花來自地上，微風輕輕吹起，化作一朵輕柔潔白的小花，再次展現飄逸的身姿。眾人驚叫聲中，雪花兀自停在窗臺上，彷彿找到了好位置，靜靜地供人欣賞。

餐畢，幾乎都是第一次看到雪的夥伴們玩得不可開交。隨手拾起地上的一團雪，手一捏，就成了一把雪球。雪球丟到身上，不痛不癢，就看丟得有沒有準頭。堆雪人也是大眾化的活動，堆出各式各樣的人形，或坐或立，再脫下現成的圍巾、帽子，掛上一副太陽眼鏡，可愛極了。糟糕，雪人流血了！原來剛才扮作眼睛的酸梅溶化了。

最好玩的莫過於自助式滑雪。不知道是誰先想出來的點子：拿出自己的雨衣，墊在屁股下，雙手拉起雨衣的兩側，一溜煙似的從高處往下溜。起先大夥兒隨便找個彎彎曲曲的斜坡，順勢滑行。滑下來的時候，耳際有風，清風如一層薄霜輕輕吹拂臉龐。後來我們越來越大膽，找到的斜坡越來越陡。我走上山莊背後的山頭，那是舉目所見最近又最高的地方，企圖從最高處往下衝，給大家一個驚喜。

費力的邁向山頭，山頭還真陡，噗通！陷下去了！原來路面不平，地表下有樹叢、有石頭，還有大小不等的凹洞。人陷下去後，才知道積雪有三、四十公分深，小腿肚全被淹沒。我不死心，繼續向上走，一失足又溜了下來，這回來不及用雨衣，整個人就趴著，俯衝而下。就像衝下彎曲陡折的滑水道，忽然身體拋在半空中；也很像頭在下、腳在上、倒溜滑梯的頑皮小孩，故意享受著天地顛倒的感覺。不過，這一切都太突然，所有的極速快感，都因為出乎預料之外，因此更覺得驚險、刺激、好玩。旁人看到後，也來享受這種很安全的極速快感。整個下午，渾身熱呼呼的，一點也不覺得冷。

這夜我們睡在「合歡山莊」，每人裹著一條厚棉被，呼呼大睡。次日清晨醒來，才發覺山莊屋頂上結了一層透明的冰，有十五公分厚吧？冰水順著屋簷滴滴滑落，彷彿雨後放晴的時刻。戶外依舊是白皚皚的銀色世界，頓覺神清氣爽。

不久，我們向「合歡山寒地集訓中心」出發。這座軍事基地，是全臺灣唯一訓練雪地戰技的天然滑雪場。我們輪流穿上雪橇，試著滑行。雪橇底下很平滑，剛學會的人，可以滑行三、五步；而我卻對它感到莫名的恐懼，深怕一不小心，整個人溜向不可知的地方，再摔個四腳朝天。只好承認自己是雪地裡的跛腳鴨，只能擺擺pose，表示來此一遊。

來到「松雪樓」。這裡的紅豆湯，遠近馳名。其實剛才在寒訓中心，已經大啗好幾碗紅豆湯。在雪地裡來碗熱騰騰的紅豆湯，稱得上人間美味。不但驅走一身寒氣，又因為高山的沸點低，紅豆很快就煮得爛，感謝老天爺的另一種恩賜。

樓房內人馬雜遝，攜家帶眷的，鋪地打尖的，報紙散落滿地，有如難民集中營。想起昨夜在「冰屋」下竟得一夜好眠，也真夠幸運。

寒流來襲時，夾帶豐沛的水氣，才有驚人的雪景可觀。所謂「飄風不終朝，驟雨不終日」，昨日經歷的那場大風雪，今天不見了蹤影，換來的是耀眼奪目的好天氣。這反而不能呆立太久，因為太陽眼鏡的邊緣，仍然有雪地餘光會從各個角度刺入眼簾。我們只能再玩一下堆雪人的遊戲，留下幾張可愛的倩影，就匆匆打道回府了。

書生之用

俗話說：「百無一用是書生。」這句話真踩到了讀書人的痛處。

小我半歲的基仁堂弟，中華民國陸軍軍官學校畢業後，就立志報效國家，馳騁疆場。他初調任陸軍澎湖防衛司令部，兩年後就任澎防部直屬連長，手下兵源不少，戰備物資可觀，自詡帶兵「多多益善」，愈多人才愈好用。有一次他卻私下對我說：「最討厭帶大專兵，尤其是文法學院的大專兵了。他們手無縛雞之力，偏偏又生性好辯，你下個什麼命令，他們就嘀咕個老半天，只想跟你辯，就是不想做。不像那些五專生、高職生，從各行各業來的，電機、木工、水泥匠……，統統都有，既聽話，又好用得很。」出自他的肺腑之言，令我聽得汗顏。

九二一地震發生後，我有位大學同學忙得不可開交，他是豐原國中的呂允成校長。因為豐原市交通方便，接近災區，豐原國中又有個大型體育館，適合堆放源源不絕從各地送來的救濟物資。於是呂校長成了倉庫管理員，每天負責監管進進出出的賑災物品，這時候他恨不得自己有三頭六臂，更希望支援人力「多多益善」，因為救助災民刻不容緩。當我知道他的處境後，反而很羨慕他，「早知道能有這麼好的機會報效國家，我寧可考校長，也不讀什麼研究所了。」

過了一段時間，我問阿成校長：「事情進行順利嗎？」他告訴我說，「辦教育還算容易，賑災比較難。」這使我想起最近聽到的一句話：「讀書容易，做事難；做事容易，做人難。」我可以想像在那急如星火的要命時刻，絕不是自己行得正、做得直就夠了；如何面對眾多災民，如何分出輕重緩急，如何給與百姓真正需要的援助，這些都是很迫切、很需要智慧與勇氣的。

看到呂校長的表現，我知道書生也有報效國家的機會。問題是，當時機來到時，我們是否已經準備好了呢？

臺大的教學典範——記英紹唐先生

他是位一絲不苟的好老師，從他身上，可以看見臺灣大學的光輝。

那年我在臺大讀書，必須選修日文課。這門課很熱門，文學院、法學院、醫學院、農學院的學生都有需求，課表上列出不同任課老師的名單，我們可以自由選課。當然都打聽好了，誰的分數高，上課不點名，就會有一拖拉古的學生來選修他的課。

英紹唐老師的課是個特例。他的初級日文課有三班，看來頗受歡迎的樣子；但是到了中級日文就只剩一班，看來又不受歡迎了。原來，他上課很認真，學生剛開始都躍躍欲試，想把日文學好，於是慕名而來的人很多，開學就大爆滿。大家口耳相傳，只要上英老師的一年課，勝過其他老師的兩年課。

這也蠻接近事實的。同樣是每週三節，英老師故意把課拆成兩個時段，有一天是八點到十點，另外一天是八點到九點。教學幾週後，他就要求學生七點半到校，在他面前背書。背書可以加分。當然，他七點半之前就在教師休息室等待學生「大駕光臨」了。上課的時候，他從不聊天，也不想點名，那是因為會占用教學的時間吧？他講授課文時，常常解說文法，偶而調侃一下日本國的艱澀語法。他呱呱啦啦地一直講，一直帶領學生唸。兩節課連在一起時，中間不下課；即使到了十點鐘非下課不可時，他還是要多教幾句，才肯罷休。大約十點十分下課後，他還留下來讓同學找他背書。

他的考試也算難的，應付不來的學生只好靠背書加分，於是又變成另一種努力方式。想來每位上課的同學都苦不堪言，課堂、課後都在孜孜矻矻的讀日文吧？

如果在校園巧遇英老師，你會看見他西裝革履，手裡拎著一個公事包，目不斜視，表情堅毅，永遠直挺挺走路的身影。他的為人，他的教學，是那麼的始終如一。當我想起這位受過日本教育的「先生」，傳承著日據時期以來的「臺北帝國大學」精神時，我知道他會永遠以堅毅執著的教學精神繼續走下去。這才是真正的教學典範。

清言發雋永，茂思含溫柔——記吾師鄭清茂先生

清茂先生是我的老師，一位多年來對我照顧有加的好老師。

初識清茂師，是在臺灣大學就讀研究所的時候。那年清茂師返國客座一年，講授「西方漢學研究」課程。他為我們導讀西方漢學家的學術論著，起初從字句的翻譯做起，逐字逐句講明文義。後來我們覺得老師從頭到尾講解太辛苦了，於是自告奮勇，由同學輪流翻譯，再由老師作補充。這麼一來，老師更有發揮空間，常能由一點觸發，談到許多深入的問題。小則論文的撰述格式，大則討論曲解（twist）的形成，乃至「寫實主義」流派的演變，與日本「私小說」領域的關聯。

清茂師總是先看出文章的理路，藉由一個詞句想到許多觀點，替我們打開另一扇窗。他講授這些我們聞所未聞的內容時，正是他讀書的「會心之樂」，常常面帶笑容，以不疾不徐的語調，闡明文義。不過，老師給我們最大的啟示，不僅此而已。課堂上的陳述，不見「機鋒」，但見「機趣」，盡是一些親切平和的文學趣味。有時同學翻譯得不錯，或是聞一知二、別有會心的時刻，都能看到老師頻頻點頭，頗似「吾與點也」的讚許神情。那是一種循循善誘的親切溫柔，那麼地自然平易，也讓我們能在春風吹拂下，領會到他學識淵博、傾囊相授的一面。

那一年過後，清茂師飛回美國，又再回到臺灣。期間我曾請老師幫忙代購外文書，也請老師修改過論文摘要，愛護子弟的心意，多次印記在我的心版。

這幾年清茂師身在花蓮，我們見面的機會並不多。有一回，清茂師在電話那頭問起：「你不會想來花蓮了吧？」那時我剛從嘉義回到臺北任教，為的是與家人相聚。清茂師想讓我到花蓮來，又想到我的家庭因素，於是開口就是疑問句了。其實清茂師連讓我開些什麼課都想好了，他也從張亨老師那兒聽到對我的肯定，只可惜我考量孩子年紀小，因為家庭因素而婉拒了。之後不久，清茂師又和我提起工作的事情，他覺得人只要有位子就好，有些人以為在師範學院教書就不如在大學教書，「那是錯誤的！」老師說這句話的時候，用了一種罕見的強調語氣，卻有一股暖流流過我的心田。

前年我和老師在中央研究院中國文哲研究所見過面，我向老師請教運用西方文學理論探索中國文學的問題。老師還是頻頻點頭，用微笑讚許我們的意見，並鼓勵我盡量消融西方理論，也指出顏崑陽教授的作法有可取的地方。我們也談到日本古籍中的評點資料，老師也說明值得注意的方向。

回想起師生緣起的那一年，竟是十多年前的往事了。往後見面的時光不多，情誼始終感受深刻。時見新義的學術提示，出自真性情的照拂關愛，讓我時常想起老師。這份偶然難得的師生情緣，我常常感念在心頭。

輯三　初試啼聲

第一份工作，海邊的小漁村——白沙屯。

站上講臺，大展身手，教書是生命的新階段，白沙屯也是一生難忘的活水源泉。上課前，同學大喊「老師好」，聲喊震天；下課後，操場上打籃球，落日餘暉正照在投中籃網的球心上。海濱漫步，家庭作客，參加媽祖繞境，媽祖庇佑蒼生！之後從國中教到工專、警官學校、師範學院、大學，不曾忘記初衷。

彩繪白沙屯

白沙屯，苗栗縣通霄鎮海邊的小村落，知道的人也許不多，卻是我青春歲月中，永不褪色的一頁。

那裡依山傍海，山與海之間有一點平地，鐵公路貫穿其間，就是居民生活上的交通要道。山頂上的國中，是我大學結業後第一分工作的地方：人煙稀少，但是空氣清新、風景非常美麗，直到今天，我依舊記得初次攻頂成功的震撼！那時，帶著簡便行囊，沿著坡道向上走，大約半小時的路程，還真有點兒累人。但一走到校門口，回頭一望，海平線就在前方，比我的視野還高。從山頂往下看，綠樹叢沿著山坡地向下延伸，先是芒草，而後矮灌木叢，近山腳處才有些綠竹、木麻黃之類的大樹；再細看來時的山路，才發覺鐵道藏身在一片綠海間，若隱若現。再看過去，就是沙灘、大海，層次井然，煞是美麗。

有一天我閒來無事，拿起畫板到校門口寫生。微風輕輕吹拂，嬌陽亮麗耀眼，頗為怡然自得。坐在絕佳的景點，湛藍的海水、潔白的浪花、灰白色的沙灘、一大片翠綠色的樹海，一一在畫紙上揮灑開來。最難畫的是樹叢，嫩綠、淺綠、翠綠、灰綠、暗綠色，終究有細微的差別；樹叢也參差錯落，不似海水覆蓋廣大且氣勢磅礴。

正當我勾勒樹叢，為它們點染上妝時，筆觸轉慢，也陷入了長考苦思。因為畫布充滿藍綠色，景色顯得單調，與陽光耀眼下的興奮心情不合。美術老師黃麗珠適時走來，她觀察了一會兒，指著隱約可見的鐵路對我說：「就加上一列火車吧！」對呀！加上火車就有動態感，而且要選莒光號火車來畫，那橘紅色車廂線條，能讓整個畫面洋溢光彩喜氣。這幅畫就在那「畫龍點睛」的神來之筆下完成了，我自己越看越滿意。

最近，當年的學生許麗嬌打電話來跟我說：「老師！您以前最愛看海的地方，現在都蓋起樓房了。」滄海桑田，我有些傷感，但那幅有山有海，火車嗚嗚的彩繪，依然長存我心，未曾消散。

來自鄉下的心靈

妻告訴我，班上有位同學說，曾經有兩年的時光，他們全家人住在蘇澳小鎮上，過著平淡舒適的生活。那時他爸爸奉派到衛生所服務，一家人常常有時間聚在一起；平常日子，也常有小鎮居民送些土產，感受到很濃郁的人情味。後來他爸爸回到臺北開業行醫，收入更高，生活更富裕了，但他還是很懷念以前的日子。

這種心情我能體會。大學剛結業的那一年，我來到苗栗縣通霄鎮的鄉下海邊教書，身為初入杏壇的實習老師，卻能深深感受到鄉下人樸實忠厚的心靈，對外地人的熱情與尊重。

某天晚上，宿舍的電話鈴聲響起，是住在海濱的王順主任打來的。他邀請我們立刻到他家，品嚐漁船剛上岸滿載而歸的新鮮海魚。到了他家，主任夫人陳婉華老師親自下廚，送上來剛燙熟的花枝，還有許多好吃的大魚大蝦。主任說，因為漁船剛上岸，還要去岸邊挑選好魚貨，所以才臨時通知我們。他還一直謙稱，沒時間準備，就把能先燙熟的菜端了上來。

真的太鮮美了！我們只吃花枝的原味，或是蘸著醬油吃，爽口好吃的感覺就源源不絕。主任說話時堆滿笑容，親切的眼神，加上一副憨厚的黑框眼鏡，至今令人難忘。

有一回，主任提議大家釣魚去。我們分乘幾輛機車，一人載一個，背上釣具就出發了。到了一戶農家，四、五位老師坐在樹蔭下，個個手持長竿，甩向池中央，大展身手。沒想到我的運氣特別好，魚兒群起上鉤，接近中午時分，竟然釣起上百條魚，魚貨裝滿了容器。真是太過癮了！主任誇讚個不停，再帶領我們到農舍廳堂用餐。

原來，魚池主人是去年畢業的學生家長，早就張羅好豐盛的午餐等著我們。我們來此免費釣魚，又享用了美味的活魚大餐。席間主人頻頻勸酒，自己臉都紅通通了，還是不停的熱情招呼我們。

還有一回，全校師生走到南勢山的飛彈營校外教學。沿著山路走，隊伍蜿蜒而綿長，大約走了一個多小時。帶領同學回來的路上，王主任領頭，我走在最後壓陣，大家腳步輕快的趕回學校。同學們不知道的是，飛彈營的長官和老師們相談甚歡，且已經備好了酒菜，準備好好地款待全體老師。而王主任主持完放學儀式之後，又騎上機車，載著我向飛彈營奔馳而去，與他們會合。南勢山的坡度很陡，主任的機車踩足了油門，也只能牛步前進。主任還笑對我說：「幸好你沒有七十公斤，要不然我這麼胖，一定騎不上去了。」其實主任並不胖，而是夕陽餘暉照在我們身上，告訴我們晚宴快開始了。主任心裡正著急呢！

王主任為人忠厚，事奉母親至孝，生性木訥寡言，是典型的鄉下人。長年居住在鄉下地方，每天生活在大自然中，是否早已養成與世無爭的心靈呢？

我曾經在藍天綠樹下釣魚、看書、打球，也曾經駐足在海濱看夕陽、吹海風；還常常到學生家串門子，留下來用餐。在這裡可以無拘無束的做許多自己想做的事。當地的朋友與生俱來的人情味，熱情忠厚的處世情懷，真的讓人感念不已。

儘管後來我們都走了，走入了繁華世界，但是心中常常想起居住在遠方的朋友。當妻子告訴我這個同學的故事時，我的瞬間反應是：「人生再也沒有這樣快樂的日子了！再也回不去那麼純樸自然的生活環境了。」

啟新國中同學

今夜一燈煢煢，心靈何其澄澈！轉眼間，你們又從高中畢業了。提起筆來，當老師的我，有好多話想說。

上次新竹之遊，除了淑真同學安排住宿的盛情，更令我感動的，是一群有情人聚在一起。大家都很重感情，當我們走過一座新橋時，秀媚同學加強語氣說：「要記得哦！這是我們第一次走過這座橋。」有情人呀有情人！以前我只知道自己癡情，想不到也能遇到一位癡情人。說真的，秀媚，像你那天的款款深情，在社會人群中罕見，當時覺得你們內心好美好美……

有好長的一段時間，我一直為多情所苦，常常感到對人付出許多感情卻沒有回報，越是盡力付出，接到的打擊反而更多。從那時候起，我常常黯然神傷，覺得人生是個不完美的「圓」，往往無數的憂苦降在有情人的身上，感情豐富的人就要承受的更多。這根本是弔詭的人生，無可奈何的悲哀！

直到上次見到你們，我才知道世上還是有許多有情人！我感到欣慰之餘，又體會到更多的事理。當老師的人應當重感情，但是學生也有各自的發展，各自生活的天地世界。老師須有心理準備，對學生好是責任，是義務，其實也會是無窮盡的回報。表面上看來，付出感情太多，到頭來自己恐怕得不償失，事實卻不盡然。譬如我當老師時，主動關心每一個同學，同學都是心存感激的。有的同學畢業後拜訪老師，老師當然很高興；也有的同學不敢來找老師，是因為她覺得自己過得不好，辜負了當年老師對她的期望。每個人的際遇不同，不能只看表象。那不敢來見老師的人，心理負擔可能很重，我們當老師的人又怎能錯怪他們呢？身為老師的我其實很想告訴她，不論你現在過得好不好，老師永遠祝福你，關心你，希望你別太辛苦，有空時還是可以找老師、找同學訴訴苦、聊聊天，甚至尋求一些幫忙。天助自助者，只要你能走出來，就能看見美麗的天空。秀媚跟我說：「在學校老師愈是欣賞的同學，她的壓力愈是大呀！」

人生是個不完美的圓啊！近幾年來，我看淡了這個破碎易缺的「圓」，就設法糾正自己的多情。起先，我不再「太」主動關心大家，以免造成同學的心理負擔。其次，減少來往的對象，沒回信的人也就慢慢地情感淡化。然後，我試探退出老師身分的可能性，開始變成朋友，這樣同學的壓力就不會太大了。沒想到的是，我的算盤打錯了，老師就是老師，大家心底都感念老師當年的教導，雖然，教過的東西也可能忘得差不多了。

從你們的回信中，我發覺還有人懷念我的課，希望再上一次；也有人希望數十年後，大老人（我）和小老人（你們）能夠歡聚一堂；甚至於即使我隱居起來，也有姑娘要吹簫給我聽。天啊！原來世間充滿有情，只是我不自覺罷了。一旦讀到你們的來信，見到你們的笑容，才知道師生情誼是如此的堅定而貞祥。

人間最可貴的就是恆久不散的真情。有了它，一切疑慮都將化為烏有，久久自芬芳的人生意義才會顯現出來。我相信從今以後，不再悲觀，不再消沉，我能堅強地站起來，永遠地付出有情的關懷，對家庭及社會盡心盡力，對時代及人生奮鬥不止。這是樂觀上進的開始，也是從迷失中覺醒的日子。

謝謝這些年來與我相伴的人和物，都給了我莫大的幫助。尤其要謝謝你們這批學生，不論怎麼沉默或諫止，都給了我極大的啟示。

轎夫的快樂

「三月瘋媽祖。」在臺灣的鄉下，尤其是沿海地區，跟隨媽祖進香是每年一度的盛會。

農曆三月二十三日是媽祖的生日，這一天之前，苗栗縣通霄鎮白沙屯的拱天宮媽祖都會前往雲林縣北港鄉的朝天宮進香。來回徒步大約四百公里，沿途依媽祖的旨意走，路線東西南北，並不固定，陪行的人年年增加，常常有萬人空巷的場面出現。

徒步進香時，最累的人就是轎夫了。轎夫都是萬中選一，體能非常好的精壯勇士。他們扛著大轎子，速度忽快忽慢，就是不能停下來。鞭炮聲不絕於耳，大批信徒簇擁在路旁，有的攔路陳情，有的焚香跪拜，擠得水洩不通。許多善男信女想要鑽神轎，這時轎子又要擡得更高，這些都是吃力的負擔。好在慈眉善目的媽祖十分親民，她願意讓老百姓也來參與所有的活動，因此，主辦單位宣布：有意願的朋友都可以來扛轎，每人十分鐘就好。這回我們看到，報名的人還真不少，有些婦女更是把握難得的機會，親自上陣來擡擡看！

親身參與的婦女，臉上浮現認真吃苦的表情，她們深深體會到扛轎的辛苦。短短十分鐘也會汗流浹背，真的不容易，何況那些轎夫們已經走了幾天幾夜呢！這回樂得是在旁邊陪著走的轎夫，他們只要在旁疏導交通，「如釋重負」的滋味全都寫在臉上了。

轎子可換班讓信徒擡十分鐘，轎夫好樂。

構圖

今天我們來上唐詩吧！讓我介紹一下柳宗元的〈江雪〉：「千山鳥飛絕，萬徑人蹤滅……，『千山』就是很多座山，『萬徑』就是山上有很多條小路……」

「老師，那麼『萬』比『千』多，是不是小路比山還要多呢？」

「哦！是呀，你講得很對。」我心裡想：這小毛頭還真會想，沒想到才國小三年級的小朋友這麼有聯想力。接著，我問道：「有誰知道『鳥飛絕』是什麼意思呢？」

臺下的小朋友幾乎都舉起手來了：「老師，我知道，我知道！」

「就是小鳥都飛光了嘛！」

是啊，這麼簡單的問題，大家都搶著回答了。我沒有教過小學生的經驗，抓不住他們的學習水平，只好隨機應變，隨時調整教學的步調。於是我接著問道：「那麼如果在圖畫上面，要怎麼表現『鳥飛絕』呢？」

有的小朋友說不要畫鳥，有的說畫一隻，還要畫在旁邊；更有一位小朋友說只要畫半隻，一半的身影留在畫紙上。哈哈哈！大家都笑開懷了。

忽然間，心裡起了個好主意，讓大家來畫圖吧！於是我跟他們說：「『千山』很大，『萬徑』只是小路呵！前兩句詩占據的畫面很大，可是到了『孤舟』上的『簑笠翁』，注意的焦點就越來越集中，詩人是在寫冬天寒冷孤獨寂寞的感覺。因此，我們的目光注意到江面上的釣客，他釣不到魚，而是釣竿上滿覆蓋著『雪』呢！」

我把這首詩的意境帶了出來，臺下的小朋友聚精會神的聽講。有人開始動筆了，也有人繼續發問：

「老師，『千山』要占幾分之幾呀？」

「老師，『舟』要畫大還是畫小？」

「老師，……」

我聽到他們討論不絕的聲音，那是「空間設計」的構圖運用。

籤王

蕭楓來信說，從小籤運就不好，就連分組選一門「讀書指導」的課，也抽中了下下籤，才會分到我這一組：「籤王」。

我也很鬱卒呀！那年剛到臺北師院任教，選課表上的陌生名字，讓許多同學望之卻步，怎麼樣也不敢選我的課。於是用功的同學早就選定了目標，選上了口碑好的良師，剩下一些打混的同學，反正上什麼課都沒興趣，就將就將就地來到我這一班囉！這樣說他們，好像也有點不太公平，因為後來在我悉心「調教」之下，或者該說是「操練」吧，他們也學會了找資料、定題目、分章節、撰寫學期報告的能耐。這是一門治學方法的課，所有該學的他們都學會了，於是上場去也——初試啼聲，參加學生論文發表會，許多師長也來給他們打氣、加油，及肯定。天知道，我把死馬當活馬醫，背後花了多少心力。

而今，蕭楓畢業多年，來信告訴我想考研究所。這又讓我聯想起上這門課的快樂時光。

有一年，我依舊上這門課，依舊帶同學到圖書館找資料。還沒踏進圖書館大門，同學就要求我轉身看屋外，待我回過頭來，才驚喜發現：他們手捧著十二吋的大蛋糕，要給我過生日。天啊！今天是我的生日？

課也甭上了。我只好帶著這十二位金釵（全是女同學），到操場邊唱歌、吃蛋糕、聊聊天。那天他們「零負擔」，沒有功課；而我有很多功課，必須在兩小時內認識她們。我想她們終於見識到老師也有不及格的時候了。原來我上課從不記得學生的面孔，開學至今三個月，居然叫不出同學的姓名。

後來我才知道，我的課還是「籤王」，只是此籤非彼籤。他們會搶破頭想選我的課，不只是我能化腐朽為神奇，更重要的是我常常勤教嚴管，讓他們有付出也有收穫，也因此用功的同學，不怕操練的同學，喜歡以我的課為第一志願；我也享受「得英才而教之」的快樂。於是我才明白，籤王的待遇不是鬱卒，而是上課輕鬆自在、可以吃蛋糕的那種快樂。

重返母校

八月一日以後，我就重返母校國立臺灣師範大學任教了。回想起這一段艱辛的歷程，卻發覺自己意外的平靜、順其自然。

二十多年前，我自師範大學國文系畢業，而後再取得國文研究所碩士學位；在葉慶炳先生的鼓勵下，轉讀臺灣大學中國文學研究所博士班，從此開啟了人生的另一扇門。在不同的環境，我的確學到了很多，也因此一直鼓勵學弟妹們，勇敢迎向挑戰，「轉益多師是汝師」，將來更能充實自我，走出一片天地。

離開師大後，曾經有很長很長的一段時間，疏於和老師們聯絡。雖說是生性木訥，不善交際應酬，恐怕更是因為疏懶怠慢，「一肚皮不合時宜」，要不然怎會逢年過節連一張小卡片也飛不到老師家裡呢？沒想到這麼多年就在閉戶讀書中過去了。

直到年初，得知師大國文系公開聘人時，往事全都浮上了心頭。想起近年來自師長的照顧，已有三所外縣市的公立大學，提出很好的邀聘條件，卻都在我以家庭為重的考慮下，一一推辭了。而今我的母校、母系，曾是我人生最愉快、學習成長最多的地方，也是我最能將學問傳承下去的地方，提供了一個兼顧工作與家庭的機會，是否換跑道的時候到了？

申請母校教職，指導教授樂意推薦，書局盡力地配合出書，過程在匆忙順利中進行。一連串的討論、篩選、學術報告、外審、成績排名、投票，時程一拖就四個多月，來自師長、好朋友的關心越來越多，我才驚覺中年轉業很困難，預知必須平靜地接受最後的結果。於是我放下心中的這顆石頭，認清自己「進可攻，退可守」的現實，不太聞問操之於人的部分，而盡力關注自己的本分。有時傳來一些好消息，我也淡然處之。系評會通過的消息傳開後，有些人怪我保密到家，說我太低調，待我解釋明白，又說我神經太大條，竟然對切身之事漠不關心，其實這一切何須強求呢？

確定重返母校，心中充滿感謝。正因為眾多成人之美的力量，才使我僥倖脫穎而出。這段期間，陸續聽聞許多支持者的聲音，其中有敬愛的師長，有親切的學長、同儕，對於大家的好意，心底都埋藏了深層的感激。

主考心情

每個走進來的考生，都帶著一堆厚重的資料，包括碩士論文、研究計畫、其他著作，還有一顆忐忑不安的心，考場的氣氛益發緊張起來。

她們拿到碩士學位後，還有心更上層樓，大多是研究生之中的佼佼者。有的去年慘遭滑鐵盧，今年再接再勵；有的今年轉戰各大學，想增加被錄取的機會。多考一次，未必就更有把握，因為她們面對的主考官，不見得是去年的那一位；即使同一位，也未必問相同的問題。而口試老師術業各有專攻，萬一答不出來，或是答得不符合期待，又要捲鋪蓋回家去了。回家也可能就是失業，碩士畢業找不到工作的人越來越多了。

我連續三天坐在口試的位置上，事前看完資料，聚精會神的聽他們口頭報告，再提出自己的看法，用心的與他們對話。

他們都很有禮貌。有的人逐字逐句答辯，我告訴他們不用太緊張，這只是建議事項，可以不用一一回答。有的人聽完老師的指正，頻頻點頭，口口聲聲說：「是的。是的。好！好！」還有一名考生承認缺失後，表明「老師的意見我都接受了」，忽然反問我一句：「那該怎麼辦呢？」換成我要回答問題了。好吧，我當場統合她的研究計畫，指出可以深入剖析問題的方向，給她參考。

雖然依我過去多年的經驗，可能想到有些考生是在說表面話，應付一下老師，裝出很聽話的樣子。也有些考生聽懂了老師給她的建議，但是後來論文還是寫不好，只會聽不會做，或許這正是所謂的「知易行難」。也有個蠻自大的學生，考完後很不客氣地對主考老師說：「今天老師們都只問我第一章的問題，我覺得老師們沒看完我的論文。」其實我是看完了整本論文，可是他的問題太多了，只問前面幾頁就花完了我的口試時間。對我來說，沒必要對他們感到失望或生氣，因為不能虛心向學，最大的損失的是他自己。

口試結束時，有名考生自信滿滿，直截爽朗的說：「今天真的很開心，能夠繼續進修很高興。」也有名考生感受到老師的親切，說：「今天不太像質詢。我真的學到很多，很感謝老師。」還有名考生遲遲不想離場，終於緩緩站起身來，怯懦地說道：「老師，本來我很害怕，沒想到老師們給我這麼多寶貴的意見，我學到很多，真的學到很多。」

他們已經是經過筆試淘汰後的倖存者，個個有備而來；但是又處在極為緊張的狀態下，努力維持穩定，不要失常。面對有心向學的學生，鼓勵都來不及了，又何必多所苛責呢？「理直不必氣壯」，誰說口試一定要咄咄逼人來著？

我只需要誠懇待人，用心工作，公平客觀的評分而已。

輯四 吾愛吾妻

談戀愛、結婚，臺灣大學。

我讀臺大博士班，她讀臺大碩士班。近水樓臺，互看對眼。給予她安定的心靈、莫大的自由，而她也如是回報於我，甚至更多。兩個認真生活的人在一起，胼手胝足，上進，負責，獲得肯定，也一步一腳印建立起美好家園。回首來時路，那經濟困苦的坎坷歲月，也無風雨也無晴。

心田深處——《深情記事》序

走過從前，心中有坎坷，也有似水柔情。

傍晚時分，夕陽斜掛樹梢，透過椰林葉穿射下來。我推著腳踏車，陪她走一小段路，走向校門口。也是好久沒聊聊了，不經意地問候一聲：「近來好嗎？」她停下腳步，擡一下頭，低一下眉，淡淡哀怨的眼神，欲言又止。我不曉得發生過什麼事情，那清瘦的身影，兀自被斜陽拖得又細又長。這一次問候，帶給她心中一股暖流，她是位需要關愛、照顧的女孩。

那一次約會在碧潭。淑苓紮起辮子，穿上藍點紅點相間的白上衣，映照出清純的水上麗影。我們竟不顧水深危險，在江流中互換座位。一起身，船隻晃蕩；同時間，前後換步挪移。那股堅定同心的默契，久久留駐心田。後來在看完「心田深處」那部電影時，我問淑苓是否能像劇中女主角一樣，在家境困頓之際，手採棉花，揮汗成淚水，也要撐起一片天空？淑苓說不知道，而我緊握她的手，勇敢篤定的向前。

婚後這些年來，親友常豔羨我們的生活：高學歷，高收入，加上一雙可愛的兒女。然而，回首來時路，卻是一路坑坑洞洞呀！我們都出身於普通人家，讀書是出人頭地的惟一方式。學位論文、經濟壓力，曾經讓我們憂心不已。結婚費用是自籌的；在買第一戶房子時，難於向朋友啟齒；更在借不到錢時，在親友家巷子口落下淚來。拿到博士學位後，臺北一職難求，我遂遠赴嘉義工作。翌年轉任國立臺北師院，行政工作特別繁重；之後為了申請教授升等，又飽受各種壓力與挫折。看似平凡的日子，其實倍嘗辛苦，甚至累及我們的孩子，讓他變成兩地傳送的「快遞寶寶」。在這樣的時日，我不免有所激憤、抱怨，而淑苓呢？將許多憂慮潛藏心底，依然保有溫柔體貼的特質，真實堅毅的做好分內工作。每當夜闌人靜，猶在紙筆奮戰，寫論文或是訴說許多生活情趣與感受。這個家多虧了她，這本書，多少算作一個紀念吧！一個女孩紀念自己的成長，有困頓、有喜悅，也曾有過堅毅的表現。如果問我最欣賞淑苓哪一點，那一定是——走過許多坎坷不平的歲月，依然溫柔而堅毅，依然保有一份貞定自適的情懷。

走過從前，心田深處有柔情。謹以此意為序，寫在淑苓的新書《深情記事》出版之前，獻給一位從清秀少女到貞定自適的女子，我的愛妻淑苓。

來自心底的美麗——近視洪淑苓

初相識時，她確實是美麗的。

她常是素淨的妝扮。那清秀的面龐，配上淡雅的衣著，不施脂粉，不喜華麗，卻總能吸引我的目光。有時是一抹淺笑，有時是望著遠方出神，那水汪汪的大眼睛，清澈而有些堅定的感覺；我隱約感覺到她的內心另有一個世界。

在淡水撿貝殼時，她把海星掛在肩上，自封五星上將，露出燦爛的笑容；在大湖公園拍照時，她站在高處，迎向驕陽，心思停駐遠方；在石門水庫漫步時，翩然的裙擺，青春的容顏，襯托出她的喜悅自足；而在碧潭划船時，她身著白底紅圓點的襯衫，綁起兩條麻花辮，更是笑臉盈盈，嬉鬧聲洋溢在山光水色中。不論身在何地，那一頭烏黑秀髮，款款輕盈的身姿，搭配輕巧清麗的衣著，總能為她留下令人印象深刻的倩影。

結婚後，才發覺自己無法為她搭配衣服。婚後的前幾年，我的薪水收入少，過著省吃儉用的日子。等到我的薪水多過她了，又想快點買房子，攢下來的一點錢，全都付給又沉重又必須慢慢償還的貸款。有一回，她從公館坐車回到家，說起剛才逛了一下水源市場：「今天看到一件衣服，標價兩千元。一想到家裡沒有兩千元，就掉頭走了。」她說這話是在餐桌旁，輕描淡寫的，好像沒發生什麼事似的。我想起剛結婚時，妻在〈合婚〉詩裡寫道：「荊衩布裙也願相隨終身。」沒想到這幾年我給她的生活品質並不好。而她，甘之若素，很認命很安分的接受了一切。直到今天，我們雖然忘了到底是怎樣的一件衣服，但是還記得講這些話時，淡淡的語氣中流露一股堅定的感覺。

後來我漸漸明瞭，她做甚麼都是這麼堅定的。或許源自家庭背景，或許源自情感坎坷路，她早已明白求人不如求己，認真過日子才有希望。因此她很認真的做好每一件事，分內分外都設想周到，盡心盡力去完成。她的第一份工作是臺灣大學中文系助教，我不太能想像坐辦公桌會這麼累，每天下班回家後，立刻倒臥床上。有些工作必須下班後再做，老公也只好奉陪，不過這種機會不多，因為她凡事自己來。這麼認真的過日子，包括讀書、找資料、作研究、寫論文，到學校教書、開會、指導社團，為報章雜誌寫詩、寫散文、寫書評、寫紀錄稿，其他如籌辦會議、擔任評審、約稿、出書、演講等等，與她有關的事項，無不全力以赴。正因如此，她常常「被人家用」，而且「很好用」，贏得不少肯定，也為自己交出了一份漂亮的成績單。

認真生活的美麗——破解洪淑苓

早在大學時代，淑苓她就寫新詩、寫散文。當年葉慶炳先生主持系務，常鼓勵同學創作，曾在《中華日報》開闢「臺大中文周」版面，刊載學生的作品。淑苓的小詩常取材自校園景物，隨興而發，清新可喜。她也寫童詩，也寫情詩，只要有感覺的題材無不入詩。後來她自費出了第一本詩集《合婚》，寫大學生活和新婚生活，半賣半送，沒多久就送完了。她的散文描述從小在大家庭生活的回憶，而後描述大學四年同儕生活，看得出中學至大學黃金歲月的豐足自娛。從自身經驗出發，讀其書常有文如其人的感覺，文字樸拙無華，其實也是她自身性情的寫照？以後她把戀愛、結婚、生子的愛情生活實錄，由健行文化公司出版了第一本散文集《深情記事》。她在書中寫出一串串珍珠般的少女情懷，有嬌羞，有喜悅，有嗔怒，曾經是那麼地甜美，也有些負荷。這本書還有觀察別人生活現象後的省思，寫作內容有其深度。之後，又集結早期學生時代的作品，由亞細亞出版社出版第二本散文集《傅鐘下的歌唱》。「少女情懷總是詩」，從她的寫作歷程看來，這話兒一點也不假。

淑苓相信文學作品以內容為要，是情感的昇華，真實生命的呈現，因此忠實地記錄自己。她也以這樣的標準從事創作，曾獲全國學生文學獎、教育部文藝創作獎、臺北文學獎。刊登出來的詩文，偶爾也被收入選集；另一方面，在臺大講授現代詩時，很能專注於詩人內在心靈的呈現，著重於剖析其情感世界；她也固定為《文訊》撰寫書評，常參與各項文學活動。

浪漫多情的淑苓，碩士論文《牛郎織女研究》，臺灣學生書局出版；博士論文《關公民間造型之研究》，臺灣大學文史叢刊出版。基本上以民間文學為研究範圍，兼及現代詩研究。她的學者身分，使她下筆更要求十全十美。

「我害怕變得平凡。」她在《深情記事》這本書說出了她的心聲。

這麼認真又富進取心的過日子，過得好像繃緊了的弓弦，弓拉得好滿，而又力氣放盡。其實她這位臺大副教授，早已兼顧了家庭，是位孝順的好女兒，賢慧的好妻子，也是位慈愛的好母親，我常常笑說：「我們家爸爸八十分，小孩一百分，媽媽一百二十分，平均起來還是一百分。」說真的，這麼盡責的媽媽，全家當然幸福又安康。只不過媽媽經常晚下班，某一天回家第一眼竟然看見媽媽時，從孩子們歡天喜地的呼叫聲，就知道她是多麼受歡迎愛戴的媽媽了。

結婚一紀，相知愈深。從前看她那麼忙，看在眼裡，疼在心裡；而今她為了剛出世的小女兒，又將生活重心放在家庭，做個稱職的一百二十分的學者媽媽。她依然美麗如昔，那是來自心底的美麗，我也愈來愈相信她會是永遠認真生活的女人。

真心守候一世情

剛結婚的時候，妻和我兩人都在讀博士班。我不但沒有積蓄，更不知道成家立業的辛苦。偏偏父母親大人窮日子過久了，早就帶點視錢財如命的性格。記得當時向父親借了四萬元，婚宴結束當晚，收夠了禮金，馬上還給他這筆錢。而母親也出了點錢，買了一套一千五百元的西裝給我，這筆錢我沒還，因為我知道她比父親更會掙錢。其他所有的開銷全都自己出了，誰教結婚的人是我自己呢？

婚後只好租房子。大伯父對我很好，把堂弟名下的房子租給我，租金象徵性的收一點點，以後就不收了。住滿一年，總覺得這不是長久之計，長輩對我們好，可是無以為報，久欠人情不還，心裡過意不去。狠下心，買了近郊靠近墳墓山邊的中古屋，那時候只買得起那裡的房子。

其實只有一點錢而已，連房子的自備款都不夠，接著又有房屋貸款的問題。可惡的房屋賣方是個投資客，她的銀行信用不好，超貸了金額又還不出來，逼迫我們概括承受她原來的貸款。我永遠記得那個壞人，她在她弟弟的陪同下，一副強迫人的嘴臉。仲介公司的李代書看不過去，對於他們的說詞一概不理。我們一直追問這樣的買賣有沒有問題？賣方當然說沒問題，氣憤的李代書不作聲。這次簽不下約。過沒多久，仲介公司又通知我們去簽約了，李代書被換成賀代書，原來賣方說服了仲介公司，要讓買賣成交。於是在新的代書主張之下，買賣就成交了。

沒有長輩幫忙的我們，一步步走入了險境，也幸好一步步的逢凶化吉。那時房屋自備款不足，就向親人借；沒想到原先答應好的事被黃牛了。我們真的走頭無路，改向朋友東拼西湊的借一點。妻從來沒向人借過錢，有一回對裕珍解釋事情的原委，費了許多唇舌，開口向她借五萬元。電話那頭傳來裕珍的反應是：「你們從來沒向人借過錢吧？」她的意思是，朋友可以急人之難，我一口答應下來就是了，區區五萬元不用饒費唇舌的。

裕珍知道我們周轉不過來，建議我們搭她公司的會，先標下會款，再慢慢還錢。那時偉達在證券公司上班，美其名是他需要資金，要我匯一筆小錢借給他，其實是他想要幫助我們，每月付給我們超高的利息錢。利息錢付了一年多，就已經超過了我們原先匯去的本金，他還千交代萬交代，再怎麼沒錢也只能找好朋友幫忙，絕不能向地下錢莊借錢。後來他又連本帶利的結清款項給我們，我當然知道他的用心良苦。

後來我們都拿到了博士學位，薪水一年比一年多，日子比以前好過多了。想起老丈人當年說過：「我嫁女兒也沒什麼嫁妝，嫁妝就是畢業證書了。」其實岳家已經盡力擠出一些錢，給她女兒準備好了一個不寒酸的嫁妝。反倒是我這邊，幾乎什麼都沒準備好，就很貿然的提親了。難怪妻後來也不禁抱怨道：「你那麼沒錢還敢娶媳婦呀？」

一路走來，少不經事的我們，學到了許多事情。我們不再輕易相信陌生人，尤其是房屋仲介公司、賣屋子的投資客，那些背後藏著一個「利」字的人。我們也學會感激朋友，好朋友是患難見真情，他們默默的付出，根本不求回報。而我也更了解愛妻，她是位堅貞不移的好女性，在困頓的環境中益發堅強，願意攜手相扶持。古人說：「貧賤之交不可忘，糟糠之妻不下堂。」我有幸認識、結交了多位好朋友，更娶得值得鍾愛一生的妻子，當然願意永遠守候在一起，以一生一世的真情。

率真與溫和的他——近視王基倫

洪淑苓

我和我的另一半都是中文系出身的，但是他原本屬於非常傳統派的師大，而我則一逕沉醉在以「傅鐘精神」自傲的臺大。然而正應驗了那句俗話「有緣千里來相會」，七十三年九月，我考上本系的碩士班，而他則剛從師大國研所碩士班畢業，並且「背叛校門」，抱著破釜沉舟的決心，報考我們的博士班。我們就在種種因緣際會下，相識、相知，而後決定攜手走上地毯的那一端。

那時，他當然不知道會在這裡遇見未來的老婆，他只是想換個環境，親炙臺大名師，感受一下自由開放的學風。但是進來不久後，他就在研究生的刊物上發表文章，說出他對臺大的失望與建議。這篇文章留給我深刻的印象，那時我們還不是男女朋友，我心想這個師大來的人可真敢說話呀，也不怕得罪老師和學校。

交往之後，直到結婚十二年的今天，他那耿直的個性仍絲毫未改，在會議上經常仗義直言，特別是對於學術理想的堅持，總是一副當仁不讓的樣子。也許他曾因此得罪人或使人誤會，但我想這種率真的性情，於今功利社會，更顯得難能可貴。

嚴謹、正直，是他的「公眾形象」，但其實在私人情感上，他是個溫和、體貼，又帶著赤子之心的人。他曾經當過國中老師，帶近視眼的學生去配眼鏡，替成績優秀的學生去說服家長，希望讓他們參加聯考，繼續升學。這些學生到現在都還保持聯絡，連我這個「師娘」（學生如此稱呼我）也感受到他們師生間溫馨的情意。而現在教的學生，則一屆傳一屆的，每當他生日，便合製一張超大生日卡，上面寫滿密密麻麻的感恩與祝福。我們有三個孩子，每個小時候都是「認爹不認娘」，只因這個爸爸很會耍寶、逗弄他們，和他們一起打滾兒，像另一個頑童似的。孩子長大一些，他就負責接送他們上下學；孩子學電子琴，他也全程參與，偶爾也會露一手，讓孩子大感佩服。他實在不愧於孔夫子「望之儼然，即之也溫」的訓示，也是「俯首甘作稚子牛」的實踐者。

笨笨與努力的他——破解王基倫

洪淑苓

王基倫學術專長是研究古典散文。碩士班時從王更生教授研究《孟子》散文，因此對先秦諸子也頗有涉獵。博士班由羅聯添教授指導，研究韓愈、歐陽脩的古文。

自此，他的研究領域也拓展到唐宋，後來文類研究也跨越到賦體，目前則把目標放在古文理論的通貫，以及納入整個中國文學史的考量。羅教授退休後，把唐代文學學會的會刊工作（文學部分）交代給他，曾永義、黃啟方教授也把《國語日報》古今文選的主編任務交給他和我，這些師長看重的，就是他在散文方面的專長。

就現在中文學界、四十歲這輩的學者而言，他的古文研究應是基本功夫最扎實、論述也十分深入。我這麼說，還真是「老王」賣瓜，自賣自瓜（順便一提，他才是老王，大大名基倫，我是王太太！）但至少他的著作擺出來不會心虛，除了博碩士論文，為大專院校法律科系編寫的《明德慎刑——中國古代法律》（幼獅出版）可是他以古文為底子，自修古代律法，精選精注的一本古代法律文選。

那時他仍在博士班就讀，由此可證明他獨立治學的能力，而這正是一個學者必須具備的。到現在，他任職於國立臺北師院，常常因為師範教育的某些新課程新政策，而必須擔任開拓者的角色，他也應付自如。他甚至教過書法——他的毛筆字的確寫得蠻好的，難怪他曾取笑我「人長得還蠻漂亮的，字怎麼這麼醜」。

在我心中，他是個溫文儒雅的書生，雖然談戀愛時笨笨傻傻的，但做起學問來，卻相當投入而且思辨細密，是個相當稱職的學者。

這樣一位大學教授、古文學者，你相信他有一段慘綠少年嗎？在中學時，他的成績一再下滑，到了高三簡直就要留級了。還好靠著毅力和決心，請教同學和教會裡的學長，苦讀一年，終於爆出冷門，考上師大國文系，震驚全校師生！這段苦盡甘來的往事，就留給他在回憶錄裡發揮，在此，我可不要越俎代庖。

輯五　第N個童年

——寫紹剛、紹容、紹潔

孩子的成長，桃園、臺北。

孩子曾經陪父母受苦，每週往返奔波，成了「快遞寶寶」，老大、老二都由阿婆帶大。他們寄居在外，無怨且乖巧，又善體人意，更讓我們心頭牽掛難捨。老二容易被忽視，反而促成心底加倍的牽掛。老三生活環境較好，笑語聲不斷。三兄妹相處愉快，為人父者此生足矣。

守候在產房外

時間一分一秒的過去，看著錶，一秒一格的腳步，走得那麼沉穩有力！母子倆現在正和時間拔河，母親使盡力氣，要把胎兒擠出來；胎兒也要配合旋轉、衝出，迎向未來。

產房在裡頭，聽不到一點聲音。

產房外面，燈光風扇下的我，在黑沉沉的夜幕下期待一點點光明。

出來了，護士抱著嬰兒出來了。

「那位是的家屬？」

「我就是。」

這時寶寶哭了，聲音沙啞地叫了兩聲，眼睛細長瞇成一條線，張不開的樣子；塌鼻子，猶存清洗完後剩餘的血絲在鼻孔四周；大嘴巴，哭起來尤其又扁又長。我可以清楚地感覺到他並不俊美，帶著一分不安的感覺來到世間。

「有像！有像！」旁觀的客家人，以高興肯定的語氣說嬰兒像我。

「恭喜你，寶寶生下來了。時間是零時四十三分，是個男的。這裡有牌子，寫著媽媽的姓名，嬰兒出生的時間……。」

「嬰兒還好嗎？健不健康？」我連忙問道。

「外表看起來很好，其他的要做新生兒篩檢以後才知道。」

「那麼媽媽呢？」

「她還好。現在休息一會兒，等下就推出來。」

望著小嬰兒細長的身軀，聽他吐露來到世間的聲音，心底不禁謝天謝地。原來，生命的誕生，是有那麼一段艱辛曲折的路程。

就在剛才不久，待產室裡，陣痛引起的哀嚎聲仍不絕於耳。妻那時剛進待產室，還不太痛，十分鐘、五分鐘、三分鐘……，周期性的間隔的痛，還能忍著。眼見陣痛次數越來越頻繁，周期時間也越來越短，妻還是咬牙緊忍著。妻抓著我的手，使勁地抓著，抓更緊就是更痛了。不過，除了偶爾向我形容腹痛如絞的感覺外，卻沒多說什麼。

醫生來看過，他說大概天亮才會生吧！還有七、八個鐘頭呢！床邊放著類似心電圖的儀器，連續不斷的曲線似乎帶有點規則。端詳了老半天，也看不出個所以然，這樣子耗時間又過了許久。

鄰床的孕婦在哀嚎，聲音刺耳，也有點宏亮。因為她在嚎叫之餘，不斷地回罵伴她的男子，「再忍耐點，很快就生了。」「還說很快，這句話你說過多少遍了！」安慰一聲，回罵三聲，天知道她那兒來的力氣。我恐怕這聲音會影響妻的心情，勸妻別太在意，妻只是淺笑一下，接著又痛了。

忽然發覺，心電圖表有些不規則。有一段曲線跌落谷底，與前後的圖形不合。趕忙找來住院醫師，他們懷疑妻變換過姿勢，事實並非如此。商量了一會兒，決定給妻戴上氧氣罩，火速請主治醫師趕來。我們隱約感覺到事態嚴重，但也無可奈何。妻不能移動身體去看圖表，一直問我圖形怎麼了，聽過形容以後，只是鎖著眉心，手抓得更緊。

圖形恢復正常，一如先前規則地走著。醫師意識到即將分娩，教妻熟記呼吸要領，抓著床頭鐵欄杆練習。零點二十五分，妻被推入產房，零點三十四分，主治醫師也快步走入產房。儘管平日產前檢查情況良好，但在此時此刻，面對這麼多匆忙的腳步，以及浮在心頭上的困惑，頓時感到緊張。這是頭一胎，萬一出了狀況怎麼辦？

這段莫可名狀的出生之旅，母子在產房內奮戰，做父親的能做些什麼？陪妻看門診好多次了，總覺得別人的先生不常來陪伴，好輕鬆。而現在呢？真希望能到產房裡，與妻、兒一起奮戰。過去從家裡到醫院，從醫院再回到家裡，十個月來的互訴心曲，話題都環繞在母、子二人身上，或許這就是初為人父唯一能做的了。也正因為這股親情的慰藉，使我們更有勇氣，迎接寶寶的來到。

「寶寶，雖然這世界讓你驚懼不安，但也有分關愛從一開始就伴隨你成長，這是堅忍、是感謝、是親情的慰藉，而非僅止於浮泛的喜悅而已。」產房外，一顆守候的心靈因你的降臨而澄澈起來。

寶貝童話三則

❤之一

小剛讀幼稚園小班時，有一次帶他到飯館兒吃飯。他對著魚缸細看，美麗的金魚就在眼前優游，從容而自在。忽然他說：「魚兒喜歡我吔！統統游到我前面來了！」

❤之二

五歲的小容妹妹和七歲的小剛哥哥一起吃開心果，哥哥歪著腦袋問：「吃了開心果，真的會很開心嗎？」小容想了想，說：「吃了開心果，老板會很開心哪！」

❤之三

天氣很冷的時候，我們把小兄妹從學校接回來。我們一手牽一個，厚厚的大衣下，有隻冰涼的小手。一路上聊個不停，快到家門口的時候，容容小妹子的眼睛忽然發亮，她說：「大手牽小手，你把溫暖傳給了我！」

驚愕小提琴曲

放學後，學校靜悄悄的，只有這間教室傳來陣陣不太好聽的弦樂聲。你很難想像，十多把小提琴湊在一起，還沒按到老師給的音準，於是各拉各的調，舉行一場「混聲大合奏」。小提琴的音階很高，那會是多麼嘈雜的「交響樂」！

今天，老師帶完學生練習後，叫小朋友一一上臺練習。這是一首二部曲，同學輪流拉第一部或第二部。沒多久，老師發覺李驥拉得特別好，對他讚許有嘉，指定他一直拉第一部，再叫其他小朋友搭配他，拉第二部。或許小朋友都疏於練習，拉完後都被K的滿頭包，就像貪玩的小孩被罵了一樣。

輪到紹剛上臺了。人家拉得有模有樣，我家的小孩一邊拉一邊看著譜，不時露出緊張的表情。好不容易跟完這首曲子，額角已冒出幾顆汗珠，手心也溼答答的。曲子拉完了，縱使心裡有數，也還得聽聽老師的講評。

「紹剛，你拉得很好，回家是不是常常練習呀？」

「沒有。」

「沒有？那你怎麼學會的？」

「專心啊！」不知道哪個多嘴的小朋友代答了。

「聽到沒有？要專心啊！」老師順勢延續了這個話頭。

天知道他是怎麼辦到的。我只知道這個星期他也沒練習，就算練習，也是五分鐘熱度。然而，他沒有被K，反而受到嘉獎。老師接著對他說：「你留在這裡，繼續拉曲子。」從這一刻開始，他站在臺上拉第一部，其他小朋友搭配他，拉第二部。

這是怎麼一回事？真的天分很好嗎？那麼，剛才不是拉得滿頭大汗嗎？紹剛後來解釋道：「我拉得還可以啦！剛才李驥拉得很好，為了配合他，才會緊張的；後來我就盡量跟上，配合他，慢慢地拉。」

我明白了。人外有人，天外有天。李驥確實拉得比紹剛好，只是老師要讓更多的同學上臺練習，也讓李驥休息一下，所以換上了紹剛。紹剛並沒有特別優秀，他可能有點天分，因此被老師留在臺上。這雖令我驚愕，但並不重要；更重要的是，他還有一顆體貼別人的心，能處處為別人設想，配合度很高，也因此能一直站在臺上，服務眾人。

課後弦樂社的演出

記得小提琴班的首次公演，是在臺北市政府大樓附近的「新舞臺」。

那一天，為了先行彩排，趕了個大早。參加演出的小朋友很多，場外滿是人潮。我們全家總動員，阿公、阿嬤都來了，好像要參與一場盛會似的。來到會場，才發覺場面壯觀，曲目眾多，整場節目一曲接一曲，令人「耳」不暇給。臺上的小朋友，個個神情專注，挺起身、側著脖子，用那雙巧手，拉出悠揚的樂聲；而臺下的我們，也很專注，一直在搜尋自己的小孩，希望他別太緊張，可千萬別出狀況啊！

我發覺小朋友真的蠻緊張的。他們站在舞臺上，沒有預期中的笑容，反而是隨著節拍的越來越快，急速加強力道，手臂上上下下，不停地舞動。稍有喘息的時候，也必須傾聽流水樂章，目不轉睛地看著指揮，靜待下一次把琴舉起。事後，紹剛告訴我說：「有拉錯的地方，只好跟著別人的動作做，後來遇到一個休止符，才接得上去。」其實，下了舞臺後，他的手指是黑的，因為按壓琴弦按得太用力了。

從這次以後，紹剛比較不怯場。第二次在「新莊藝文中心」的演出，有點兒收放自如的味道，他喜歡帶有古典風味的曲調，像〈驚愕交響曲〉、〈奧地利國歌〉之類。平常練習次數不多，每週只有兩節課而已，但是跟上進度還不算太難。或許因為上小提琴班，無形中看譜能力增強，音感更佳，有時一些熟悉的童謠，也成為他哼哼唱唱得自娛材料。我在想，是一股興趣驅使他繼續學下去的吧！能學小提琴是一種偶然，我們並沒有給他很大的願景，但是音樂將會是他一生的伴侶，陪伴他走向自在、歡喜、又有自信的生活。

歲月不白流

發現第一根白頭髮時，必欲除之而後快！於是像撥稻草般，從一株株的稻草中，找出長得很像稻草的「稗草」，然後狠心揪出來丟棄。偏偏白頭髮也像稗草般，長得又快又多，簡直拔不完似的。沒想到這種撥弄、拉扯的日子，一晃眼就是十幾年。

有一次我們父子倆等公車，坐在人行道的椅子上。日正當中，陽光從白千層的葉隙灌入，金金白白的。忽然驚訝地發覺，兒子的頭頂上有一根白頭髮。真的嗎？他才國小六年級呢！再仔細地撥來弄去，沒錯，是幾可亂真的白頭髮，就這麼一根，白色中帶有金色的耀眼光芒，漂亮得讓人難以接受。

順手就想「為民除害」，沒料到兒子大聲喊停：「別拔，別拔，那是智慧毛！」我心底在想，這算哪門子的智慧毛？你才幾歲呀？可是看他一臉正經的表情，想拔也不敢拔了。再想想，他也沒錯呀！「天下本無事，庸人自擾之。」頭髮變白變少，本來就由不得人。是我自己抱持不服輸的心態，硬是不肯承認年華老去，於是以外表的光鮮亮麗，遮掩那擋不住的流失歲月。

其實，遮掩不住的豈只是歲月而已？那隱藏在歲月背後的心智成熟度，永遠撥弄不完的頑固、傲岸，適足以襯托出我的無知。

雲淡風輕，生活原是簡樸而自然的事情。收拾起忙碌拉扯的日子，不再與白髮作戰，才能換得一身的輕鬆優閒。

有過莫逆之交的歲月——寫在紹剛畢業前夕

紹剛就要從國立臺北師範學院附設實驗國民小學畢業了。從懵懵懂懂的幼兒，拉拔到小大人的個頭，他在這所學校已經待了八年。問他最大的收穫是什麼？他毫不遲疑地說：「交到許多好朋友。」

提起這些好朋友，那可真是如數家珍：王道淵、蘇柏銘、林韋辰、張晉嘉、蔡宗翰、張安雋、曾俊賢……，簡直數不完。這些英雄好漢個性大不同，有人乖巧文靜，像紹剛一樣，健康中心的林阿姨就常常把道淵和紹剛搞混。也有人會讀書，被當成「才子」，難怪紹剛和俊賢搶著看同一本書時，常常要多等幾天，因為「我還沒看完」。也有人是電腦高手，紹剛到了柏銘家，只要教他玩遊戲，那就是最好的招待了。還有許多人是下課後追、趕、跑、跳、蹦的玩伴，從幼稚園的「大白鯊」，玩到中高年級的「紅綠燈」、躲避球，甚至現在到了畢業前夕，還是無話不談的好朋友，真羨慕這群孩子年紀小小就有了莫逆之交！

也因為這群好孩子，家長之間也成了好朋友。記得六年前的一年己班，在張琇惠老師的帶領下，全班同學相處的很融洽。幾次親師座談下來，家長們也日趨熱絡。沒多久，我們一同包車遊花蓮：鯉魚潭划船、中部橫貫公路綠水步道健行、七星潭撿石頭、原野牧場品羊奶、南濱市場逛夜市，阿美族的歌舞更令人流連忘返。我們也曾夜奔合歡山，踩著殘雪下山，在清境農場佇足賞景。我們還去石碇騎單車，到十分走吊橋、坐小火車，到平溪放天燈；還記得同學們在小溪中堆土石、築水壩，濛濛細雨中玩得不亦樂乎。安駿爸爸撿起一條赤尾青竹絲，立刻發揮生物學專長，現場解說起來。當然，每次行程都少不了洪曉婷爸爸的詳細解說，他對地方風物瞭若指掌，也是六年來一直策畫到畢業旅行的靈魂人物。

過去數年，我因為在國北師院任教之便，常到北師實小走動。幼稚園的魚池，校門旁的水生植物區，還有游泳池畔的大榕樹，常見樹影扶疏，生機盎然。操場傳來同學的喧鬧聲，教室傳來教學觀摩的熱烈掌聲，甚至教室後花園曾經養了一些小雞，也會傳來小朋友群聚觀察的笑語聲，這真是一個快樂的學習園地。說真的，北師實小的教學令人放心，小朋友們都在沒有壓力的情況下快樂學習，自我成長。我常常笑對師院生說：「其實你們出外教書後，看得出來你們的教學法，都是從許多次的教學觀摩學來的影子，這不正是『附小模式』嗎？」

紹剛何其有幸，能在這麼溫馨快樂的環境成長。這要感謝林阿姨的悉心照料，張琇惠老師、闊寶平老師以及許多科任教師的用心教導，洪美慧主任、孫崇英主任、鍾達誠主任、洪孟珠主任，以及歷任校長的鼎力支持，大家一起打拚，構成孩子成長過程中的動力網。如果可能，我希望每個孩子都能保有這種快樂的心情，將來不管在什麼地方，都能惜福感恩，心底埋藏著一句心語：「謝謝老師，謝謝北師實小！」

陪考心情

紹剛參加今年的國中基本學力測驗，於是我才驚覺，我早已不再是考生，而升格為一位陪考的家長。

考場設在師大附中，大清早補習班的派報生就站在校門口夾道歡迎。想起二十多年前，我曾經昂首闊步走入這座校門，那時大學還沒畢業，被分派到附中擔任實習教師。短短三週的時間，我教到一班只小我四、五歲，成績特別優異的好學生。我還記得，每天早晨走入附中校門時，執勤站崗的糾察隊同學就會大聲呼喊：「敬禮！老師好！」那是我們倍感光榮的一刻。

而今，我的兒子是否能像當年的學生那般優秀呢？曾經，附中是他的第一志願呢！這半年來，他每天留校晚自習，回家後自動自發的讀書，常常熬到深夜才就寢。家長看在眼裡，已經覺得他很用功，不讓人操心了；也因此，我們對他的期望越來越高了。

第一堂考國文，考完後，焦急的家長紛紛擁上前，問問自己的寶貝：「難不難？」換來的答案，看看家長的臉上表情，立即分曉。我問紹剛考得如何？他的臉上常常掛著招牌式的笑容。我想，題目都是「中間偏易」吧？

第二天數學考完，紹剛出現了「哇哇叫」的表情。他說：「最後兩題根本不知道怎麼寫，完全不知道從何想起。」是太難了嗎？好像不是吔。跟在他後面出場的莊同學，比了個勝利的V手勢！這回換我緊張了。不過，聰明的班導師說過，不要回想剛才的科目，免得影響下一節應試的心情。於是我若無其事的告訴寶貝兒子：「盡力就好。盡力就好。」兒子臉上恢復了笑容。

考場外，人車雜遝，人聲鼎沸。夏蟬也來參一腳，不甘寂寞似的引吭高歌。兒子再次走入了「烤場」。

我望著操場上的天空，想起兒子的上進心，讀書讀到眾人皆睡我獨醒，考試考到眾人停筆我獨寫，那般刻骨銘心的苦日子，已經從我的身上換到孩子的身上。他的好EQ、好人緣，卻是我這個老爸比不上的。忽然覺得，孩子夠優秀，將來會有他的寬廣天地，今天考好考壞，似乎變得不那麼重要了。

一對小兄妹

兄妹還沒上小學的時候，我們一家人到臺南的「頑皮世界」玩。遊樂園裡，我們騎駱駝，當駱駝起身時，大聲呼口氣，讓人嚇一大跳。來到溜滑梯邊，哥哥和妹妹依序上到頂端，再分別從頂端溜下來。這一回，我們大人到不遠處的樹蔭下乘涼，沒多久，哥哥忽然很驚慌的跑回來，告訴我們說：「妹妹不見了！」天啊！怎麼會呢？我最害怕的事情發生了。

我們立刻折回去，繞著滑梯找了一圈，這才看見妹妹在遠方的大草原中央。她顯然感到害怕，正蹲下身大哭，我飛快跑到她面前，抱起她，急忙的拍背安撫她。原來滑梯的頂端有左、右兩側坡道，妹妹溜下坡道後，不知哥哥在哪裡？只好往前直直走。直走正前方是片大草原，對小娃兒來說，眼前一望無際、不知應該走向何方了。我自己小時候也有過走失的經驗，這時抱緊大女兒，再也不敢讓她離開身邊了。

那時哥哥讀幼稚園，每天快樂的上學，快樂的回家。問他學校老師教了什麼？他只會簡便的回答你四個字：「唱歌跳舞。」終於有一回他把學校教的歌拿出來唱了：「五月裡開滿了康乃馨花，第二個星期天送給媽媽……」。原來，這是老師鼓勵小朋友回家唱給媽媽聽的。

容兒妹妹比較活潑，她會把在學校學會的歌曲在公車上唱個不停。唱著，唱著，全車的人都向她行注目禮，又馬上瞥頭不敢驚擾她，她唱得正高興呢！她不到兩歲在爺爺家時，看見爺爺坐在椅子上睡著了，會自動撿起報紙，放在爺爺的腿上。在客廳地毯上玩，有玩具掉到地毯外，會立刻撿回來收好。不用別人交代，她自己會觀察四周，看能做些什麼事。阿婆帶她出門，常常用背袋把她裹得緊緊的，她不願意又被哄睡了，常常奮不顧身用力衝出來，探頭出來看看外面的世界，感到很滿足。從外婆家接回來後，有個大她兩歲的哥哥一起玩，心情快樂極了。偏偏有一回妹妹在家唱歌唱得正興高采烈，哥哥突然冒出一個字來：「錯！」哥哥就是這樣。他記得該怎麼唱，但是他不想主動表達出來，遇到他認為有必要的時候，就會跳出來說話。

哥哥依舊是個悶葫蘆。下課時光，小朋友都跑去操場玩，他有時也出去玩一趟，但是更奇特的是，他常常一個人留在教室，端坐在椅子上，像個小小思考家。張琇惠老師說：「他會觀察，喜歡思考。」我們擔心他有點兒安靜，於是帶他去幼兒健身園上課，那是每週一次的體能活動班，在遊戲過程中學習與其他同齡小朋友互動。哥哥在那裡玩得很快樂，從來沒看過他有害羞的情形，不過，他仍然是個安靜的小孩。

帶他們外出時，他們從不吵鬧，在家裡也幾乎沒有爭吵過。看到想買的東西，我們告訴哥哥說：「買一個就好。」哥哥瞭解後，牢記在心，下次看見好玩好吃的東西，自己會先說：「一個就好。」哥哥懂得照顧妹妹，妹妹也跟在哥哥後面有樣學樣，因此兄妹倆每外出一次，都是帶回親朋好友讚美的聲音。我在家一時興起，就問哥哥要不要出去「秀一下」，兄妹倆都會高興的伸出手來讓爸爸抱，於是我們就出去兜風了。

爺爺常常說句老家土話：「三歲看到大。」意思是三歲娃兒的表現往往就是一輩子的表現。我不敢說往後都會那麼乖巧，但是他們一直到小學畢業前都是令人放心的孩子，不論在家裡或是學校。

奇妙的火車

最近幾次上電子琴課，施老師都在教〈奇妙的火車〉。這首曲子的速度很快，就像飛馳的火車一樣。一開始小朋友都彈不來，只能一拍一拍的慢慢彈，調性是「稍快板」，只好要求多加練習，熟能生巧，速度自然會快些。幾個星期過後，有的小朋友還是跟不上，有的小朋友越來越快了，於是或快或慢，在班上譜出快慢參差不齊的「交響樂」。這時老師會對小朋友說：「火車開得不夠快，回家要多練習喔！」對彈得快的小朋友則說：「你的火車開太快了，會撞上山洞喔！」於是回家又多了一項功課，彈這首曲子要加上節拍器，控制音樂進行的速度。

奇妙的事情發生了。小容容每天彈琴半小時，沒想到今天彈得特別好。速度夠快，像吹小喇叭ㄉㄚ ㄉㄚ ㄉㄚ ㄉㄚ很風光地加速前進。曲式是ＡＢＡ，當火車開到第二個Ａ段時，加上腳伴奏，旋律重新來一遍，迴旋往復的感覺跑出來了。火車越來越快，上下鍵盤不同的管樂聲，一起奔向高點，「ㄎㄧㄤ」的一聲，尾音震耳欲聾，真有身歷其境的感覺，太奇妙了。

「哇！妹妹，你今天進步好多耶！」

正當我這個「外行人」不吝讚美時，比較「內行」的哥哥抗議了：「哪有？妹妹彈的速度比節拍器快二秒！」哥哥兩年前上過這個班，彈過相同曲調。

「真的嗎？那為什麼結束的很完美呢？」

這時候小容容說話了：「因為我後面少彈一個音。這首曲子速度太快了嘛！」

「哦？原來少載了一個客人呀？」

跟她開玩笑的同時，忽然想起施老師說過的話：「如果中間彈錯了，就帶過去，因為節拍器是不會等人的。」今天她的火車開得這麼快，當她發覺快跟不上時，就自動少彈一個音，無意間造成的「障耳法」，竟然把我唬住了。我心裡在想：彈琴不一定要「錙銖必較」嘛！有時錯一點點也沒關係，只要演奏者彈得很快樂，欣賞者也覺得很悅耳，那就好了！

撈魚記

小朋友常喜歡逛夜市，尤其喜歡撈魚。「撈魚到底有什麼好玩？」有一次我問了小容，她答不上來，只說追逐漁群，撥弄水花，就是好玩。

今天我們來到野柳，觀賞女王頭、仙女鞋，這些天然蕈狀石所構成的「石雕展覽館」，沒想到靠近海岬邊的壺穴，讓我們體會了另一種撈魚的樂趣。

壺穴像水桶，也像個水壺，是由海邊岩岸的一些凹洞形成。當初海水挾帶著石粒，衝入這些凹洞，就會不斷地向下旋轉，向深處沖擊挖掘，形成深淺不一的洞穴。

大的壺穴水多且深，水草稀稀疏疏，魚兒穿梭其間，速度極快。當我們伸下小漁網，用力追魚，才發覺漁竿伸不到底部，水中有阻力，根本撈不到魚。魚也很聰明，一溜煙兒就鑽到岩縫裡，倏忽不見蹤影。

小的壺穴水較淺，水草反而茂盛，可以很清楚的看到小海帶、蜈蚣藻，還有魚兒、螃蟹優游其間。這時候，小心翼翼盯住螃蟹，把小漁網抵住它背後，追到無路可走，再拿根竹子在前面嚇嚇牠，螃蟹就會退入網中，束手就擒。小朋友可樂了，原來抓螃蟹可以智取，不太費事，這麼好玩。在這裡撈魚也比較容易。有些魚游得很快，溜進岩縫裡就很難撈；另有些鑽進水草下的魚，自認為很安全，卻不知道漁網可從側面蓋住它。更絕的是，有些魚居然仗恃著自己有保護色，大剌剌地躺在水底，等著被抓。或許它正在休息，或許它早就習慣生活在小小世界，壓根兒沒想過外力的威脅，反而是我們打擾它了。

在海邊撈魚，先要注意安全，浪花打得到的地方礁石都溼漉漉的，可千萬別在這裡冒風險。找個背風面，岬岸面向陸地的海邊，就安全多了。再其次要觀察地形：在壺穴內撈魚，就像漁民在潮間帶區域堆砌出石滬抓魚的原理一樣，如果這個壺穴有岩縫或是海底凹凸不平，漁網不可能暢行無阻，很難撈到魚。壺穴的水要清淺明澈，待會兒還要和魚鬥智，辨清水色，用對眼力，逼進有利位置，這才能「甕中捉魚」。這些洞穴在海水的灌注下，各自獨立，形成一個個「海洋生態館」，真是別有洞天。比起在夜市追求快感式的撈魚，這裡可以有許多新奇的體驗。下次，何妨全家到海邊撈一次魚？

補記：寫此文時，「野柳地質公園」尚未成立。

泰國姑娘

暑假間，全家人到泰國旅遊。一路上有「泰國姑娘」相陪，增添不少趣味。這位姑娘一百五十五公分高，體重四十六公斤，除了皮膚有點黝黑外，可是位嬌小玲瓏、身材標緻的清秀佳人呢！

我們首先來到夢幻世界的雪屋，滑雪道很好玩，那急速奔馳的快感，讓她大呼過癮。衝下來之後，每個人都再撿起汽船墊，爬上斜坡，再來一次俯衝。衝下來的場面有點兒混亂，人馬雜沓，人、「船」也早已分離。有位好心的泰國人，吱吱喳喳跟她講了一堆泰國話，想把汽船墊讓給她用。

第二天，我們來到東芭樂園，觀賞一場民俗表演。進場的時間晚了些，前面沒有空位。為了讓小孩們看個清楚，我讓他們坐在階梯上，自己到後面找位子。臺上歌舞昇平，熱鬧滾滾，臺下我家的小老么卻睡著了。聽說她睡前哭鬧了一會兒，是「泰國姑娘」抱著哄睡的。一邊哭、一邊在哄時，旁邊的泰國人也跟她說了一堆話，大概是面授機宜，告訴我家姑娘如何哄小孩吧！

到了第五天，我們參觀五世皇柚木皇宮。在導遊的引領解說下，大家都看得興味盎然。出來後，合照一張全家福。導遊小姐拿起相機，才發現有位「泰國姑娘」姍姍來遲的走入鏡頭。於是，傳來疑惑的聲音：「是別人走進來照相了？」原來，姑娘身穿一襲白色洋裝，對比出黑色優質的皮膚，就不像我們這家人了。

返國的飛機上，「泰國姑娘」也回來了。機上的空姐大多用華語和旅客交談；只是，一看到我家的這位姑娘，就改口用英語了。發覺她愣了一下時，又改回用華語。這回「泰國姑娘」有問有答。

現在，你知道是怎麼回事了嗎？她只是親切隨和，眼睛大大，皮膚黝黑的小孩而已。這個暑假，她每天到學校戶外游泳池游泳，練就一番健康的膚色。她來到一個與她膚色相同、身高也差不多、和藹可親的國度，玩得十分盡興。

她是我家的大女兒，人見人愛的寶貝——紹容。

掌上小明珠

么兒呱呱墜地以來，我們常常習慣叫她「小珠」，不是胖嘟嘟的「小豬」，而是大家珍愛的「掌上小明珠」。

小明珠抱在胸前，軟綿綿的。初生時放在床上，她只能平躺著，眼珠子烏溜溜地轉，觀察周遭的世界。等到手亂踢、腳亂動時，就是快要學會翻身了。

那天，小明珠奮不顧身，用力一翻，耶！成功了！可惜不一會兒她就發現翻不回來，只好趴在床上哭。反覆練習幾天後，她漸漸能夠左轉半圈，再右轉一圈，好像會翻身了。然後她伸展雙手，呵呵大笑，享受左右自如的天地。

有一天，她彎起腰，拱起屁股，用力地向前衝，沒想到身體只向後退，不向前進。她百折不撓地繼續努力，有時身子倒向一邊，變成不倒翁的樣子，圓滾滾的模樣，煞是可愛。這時我會抱起她，給她一些愛的鼓勵，她就會抓緊我的肩膀，在我身上又踩又蹬的。學爬的過程雖然艱辛，學會爬之後，又開始到處觀察，搜索目標，奮力匍匐前進。

現在的她，活動量越來越大，可說是健康、活潑又美麗。她的眼神澄澈而明亮，每天四處打轉；她的肢體語言豐富且多變化，就像一顆小明珠一樣，不停地在床上、在地上、在大人的手掌心上轉動著。

背小孩的爸爸

清晨的臺北街頭，早已煙塵滿天。你站在路口等紅燈，特意站在行人號誌燈的後面，讓噪音和灰塵離得遠一點。

襁褓中的嬰兒依然熟睡，渾然不知外面世界的熙熙攘攘。

綠燈一亮，你加快腳步向前走，左顧一下，右盼一下，你沒有忘記襁褓中的嬰兒，為了她，你比平常路人多了一分小心。

從馬路的這一端走到另一端，仍然是從一棟十二層大樓走到另一棟十二層大樓。在大樓的對比下，你的身影顯得那麼渺小——卻又那麼清楚。渺小的一個點，匆匆忙忙的從此端畫向彼端，形成一條直線。清楚的一個背影，在晨光熹微下影子拉得好長好長。

有幾個路人對你行注目禮，尤其是一些中年婦女。她們可能很好奇吧？

她們看見你的手停在背後，托住嬰兒下垂的身體，另一隻手還提著書包、水壺，手上還多拿了一雙小鞋。偶爾你會提起嬰兒的屁股，大概是怕她滑落下來。你的動作蠻熟練的，小嬰兒被震動了一下，頭還是倒向一邊，繼續她的香甜好夢。乖乖，小寶貝，香甜好夢帶給人幸福的感覺。

或許是這種幸福的感覺，讓你們這對父女緊緊的聯結在一起。

企鵝跳水

企鵝從遙遠的南極國度飛來，飛到臺灣，落腳於臺北市立動物園。於是我帶著你——家中可愛的小貝比，想一睹國王企鵝的風采。

人潮如水，擠在一波波的人潮裡，湧入的是一波波雀躍的心情。我們從老遠的戶外排起，守候著一支漫長的隊伍。隊伍魚貫而入，能看到企鵝的時間卻不長。企鵝館內的員工認真地維持秩序，廣播聲一再催促大家移動腳步，貼近櫥窗的第一排更不能停下來。可是大家都不想走，員工們想出了一個辦法：「想看久一點的觀眾，請站到後排去。」

為了讓你看久一點，我們站到後排去。為了讓你看清楚一點，我把你架到脖子上，讓你登高望遠，一覽無遺。當你的視線變高時，你注意到企鵝排排站的美姿，牠們露出潔淨雪白的胸腹，拍拍小手，還不時轉轉頭。接著，企鵝那搖搖擺擺的身軀，踩著碎步，慢慢地晃到水邊來。牠佇立在水邊，有時左顧右盼一下，更多時候是靜止不動的。真急死人了，快點下水呀！

有一隻企鵝開始吹氣，把自己吹得圓鼓鼓的，忽然間，雙手平攤，身體微微向前傾，比出標準的跳水姿勢。然後，一頭栽進水裡，濺起一團水花。牠不像在游泳，不是用四肢努力滑水，只有順水漂流的體態；可是牠是在游泳，整個身體載浮載沉，有時來個側翻，左右前後搖晃一下，像個充氣囊在水中漂浮。那模樣逍遙自在，好令人羨慕。「哈哈！好好笑呵！企鵝跳水好好笑呵！」小貝比忍不住笑出聲來。

為了讓你看得更清楚，我不辭辛勞，再去排一次隊。這回我們走到第一排櫥窗前，看到企鵝輪番跳水，時而沉下身軀，時而揚起頭來，有時來一次迴旋美姿，轉過身來讓我們欣賞個夠。水裡世界真自由哇！

回家途中，你一再重複這句話：「企鵝跳水好好笑呵！」回到家門後，你還是很高興的說著這句話：「企鵝跳水好好笑呵！」只不過，家人問你「怎樣好好笑」時，你二話不說，站到沙發上，開始吹氣，雙手平攤，身體微微向前傾，比出一個讓大家很緊張的姿勢……

更上一層樓

不知道從什麼時候開始，牙牙學語的小女兒已經會念唐詩了。她才兩歲半，寄讀在幼稚園的小小班，每日跟著大哥哥、大姊姊們念唐詩，把它當成一種好玩的遊戲。她用那嫩嫩不太標準的發音，念得好起勁；偶爾在玩遊戲的時候，也會高興起來隨口吟哦兩句。平常不過的日子，我也會背著她，哄她睡覺，邊哄她邊吟哦唐詩，慢慢地她就睡著了。

今天，我們叫她「洗手」吃飯，她應道：「洗手作羹湯。」接著說：「洗手吃飯。」偶爾念到「紅豆生南國」，她也會聯想到：「紅豆好好吃。」有時，媽咪也會教她「舉頭」、「低頭」的動作，這時，爸比故意地小聲逗弄她：「低頭吃便當」，起初她還不知道什麼是便當？後來就會大聲笑說：「不是啦！」至於「夜來巴掌聲，蚊子死多少」的句子，也會換來她開朗的笑聲。

有一次，她在擺放餅乾盒，一層層的堆疊起來，忽然說道：「更上一層樓。」又有一次，我們在麥當勞用餐，她忽然舉起一根薯條，在上面再接上一根薯條，舉得又高又直，接著說道：「更上一層樓。」她說這句話時，立刻笑出聲來。原來，她懂意思了。

教唐詩，純粹好玩而已。多念幾次，就朗朗上口。慢慢地，我們也會吟唱給她聽，她竟然神情專著，用心聆聽，偶爾也跟著模仿兩句。小小孩的潛力可真不容忽視呢！

在旁邊陪伴她玩，常能感受到她的融入生活、自得其樂。

貼心二帖

之一：許願

新年期間，我們來到了鹿港天后宮。

這裡是一級古蹟，導遊小姐為我們介紹了藻井、樑柱、壁畫。慢慢地走到後院，有個天井，中間是一座許願池，池後是一間文物館。眾人魚貫而入，目光逡巡在先人使用過的文物上，大都是農具、食器、禮器之類的。稚齡的小女兒呆不住，早跑到天井處玩耍去了。她看到了許願池，又跑回文物館討硬幣，當然是想許願。

我遲疑了一會兒，給了她一枚拾元硬幣。「不夠，還要一個！」吵著，吵著，拗不過她，我再給她一枚硬幣。

等到我們看夠了文物展覽，拾元硬幣老早「石沉大海」了。

我問她許了什麼願？

「不告訴你。」她說。

姊姊使出激將法：「剛才我偷聽到了呵！」

「你不要說！」妹妹制止了姊姊，然後換上一種慢條斯理的語氣——就像平常她愛的歌仔戲唱腔緩緩說道：「我的第一個願望是——祝爸爸媽媽——天天快樂。第二個願望是——祝大家——快樂。」

回家的路上我在想：是不是少給了她一枚硬幣了呢？

之二：溫暖

戶外天寒地凍的，小女兒讀的私立幼稚園沒有放寒假，只好每天大清早頂著寒風出門，再冒著強風細雨撐著傘回家。

真的好冷！那是一種誰都不想上學的天氣！

走在路上，牽著她溫暖的小手，輕聲對她說：「小手牽大手，你把溫暖傳給了我。」

這是姊姊小時候突然冒出來的一句話，蠻富有詩意的句子。

聽完這句話後，她把另一隻手覆在我的手背上，問我說：「有沒有很溫暖？」

「當然有啦！」我故意再把臉湊上去，跟她開個玩笑說：「可是臉臉還是好冷吔？」

這回她把手縮了回去。

許久……，許久……。

然後，趁我不注意的時候，把手貼在我的臉上，上下搓摩一番：「我把溫暖傳給了你。」

暖在手上，暖在臉上，也暖在心裡。「你把溫暖傳給了我……」

蘇媽媽

蘇媽媽是個平實的婦人，也是我們家小潔最喜歡的保母。她家簡樸而乾淨，陳設簡單，窗明几淨，生活很單純。先生是水泥工，還有兩個就讀國小的小仙女，生活簡單而自足，是典型的小康之家。

小潔四個月大的時候，裹在襁褓中，就天天往往蘇媽媽家報到。蘇媽媽很細心的照顧她，看著小嬰兒的一顰一笑，欣賞著她的成長。

慢慢地，小潔會爬了，會走了，變得越來越聰明了，我聽到許多來自蘇媽媽的讚美聲，內心也高興歡喜。一年半以後，在不得已的情況下，我們結束了這段溫馨接送的日子。

還記得那是在過年前幾天，小潔即將不再去蘇媽媽家了。那天晚上，蘇媽媽打電話來問：「能不能讓小潔留下來住一晚？因為明天開始就不能來了。」我隨口答應，一邊放下電話，一邊感到辛酸。

後來有許多個週末，有時是小潔主動想去蘇媽媽家，有時是蘇媽媽她們掛電話來問小潔要不要去玩？她們的感情真好！當我把小潔又送到蘇媽媽家時，小潔立刻很自在地往房間走去，找她的「大姐姐」、「小姐姐」，還有曾經睡過的可愛小窩。有時候我也很好奇小潔來這裡都玩些什麼？我漸漸知道，她來看魚，抱小白免，畫圖，和姐姐們玩疊疊樂，來個枕頭大戰，還有騎腳踏車，爬山，去公園玩，逛夜市。

轉眼小潔已經六歲了。她還是常常想去蘇媽媽家。有時候我們覺得太麻煩人家了，但是電話那頭總是不要我們謝謝她，反而一再讚美小潔又帶來驚奇的新鮮事。小潔會教蘇媽媽的妹妹講英文，又會和大姐姐排積木，會和小姐姐比算術，所有她在幼稚園學會的新玩意兒，全會一大籮筐的搬出來。我可以感受到，她喜歡那兒自由自在的環境，她沉浸在充滿幸福的小天地。

小潔在那兒過的是很平凡的生活，卻也是有許多人陪伴她一起成長的生活。孩童所需不多，只要有人陪伴，一切都心滿意足了。而我也因此發覺，老天爺讓我們有了第三個小孩的用意，就是要我們放下手邊的工作，多過一點快樂的平凡生活——那陪伴小孩成長的日子。

白文鳥結婚了

小女兒從保母家回來後，一直對白文鳥讚不絕口。她形容白文鳥多麼的善解人意呀！牠會跳到大姐姐和小姐姐的手上，讓人撫摸、觀賞。有一隻很大方，滿屋子飛來飛去；有一隻比較害羞，怯生生的躲在角落，更惹人愛憐。

後來我們買了兩隻白文鳥。牠們很怕生，剛換新家，情緒極不穩定。牠們在鳥籠裡驚惶的跳上跳下，有人靠近一點，那嬌小的身軀就會衝撞鳥籠，拼命奔逃，甚至於受傷流血。殷紅的血跡，染印在潔白的羽毛上，怵目驚心，真教人心疼。這麼容易受傷的心靈，這麼有情緒反應的小生命！真是太可憐了。

養了幾天以後，牠們漸漸地認識環境。陽臺上，偶爾聽到幾聲鳥鳴。啾啾的鳥鳴聲十分悅耳，一連串的短音互相應和，你一言、我一語的；偶爾也有長串的鳥叫聲，譜出連串的音符，再用一個高亢尖銳的長音收尾，「啾、啾、啾——」煞是好聽，據說只有公鳥能這麼叫呢。可是，如果想要近距離的聆聽，牠們倆立刻轉轉頭、瞪大眼睛，再也不叫了。

我們沒養過小鳥，不知道牠們的習性。這幾天天氣寒冷，把鳥兒安置到室內，才發覺牠們更多有趣的事情。牠們是一公一母，公的會唱歌，歌聲悠揚；母的只會啾啾的叫，而且聲音有點低。

圖／高麗菜心園

有一天，牠們吵架了。母鳥猛啄公鳥，只要公鳥一進窩，就會被母鳥趕出來。趕的速度真快，公鳥還沒站穩，母鳥就啄上後背，讓公鳥直接摔落。不僅如此，母鳥還會死命地追殺下去，咬落牠的羽毛，慘叫聲連連，肌膚都裸露出一小塊！真想不到，平日文靜害羞的小白文鳥，竟然如此凶悍！

我們只好隔離牠們。

當天晚上，夜深人靜的時候，不知道是哪一隻小白文鳥先發出聲音？另一隻聽到了，也用聲音遙相應和，叫聲從試探的一兩聲，到後來愈來愈急。當牠們發現另一半就在不遠的地方，立刻用啾啾啾的叫聲和好、溝通。

已經分居了老半天，又應和了許久，大概氣消了吧？於是，我把兩個鳥籠連在一起，讓牠們能自由進出。公鳥好興奮，馬上衝向前。兩隻白文鳥跳上竹桿，並肩站在一起，吱吱喳喳，講個不停。

「一日不見，如三秋兮」，兩隻鳥又回到從前交頭接耳很熱絡的樣子。後來，兩隻鳥兒都進窩了，在窩裡又吱吱喳喳好一陣子。有時公鳥出來看守鳥窩，靜靜地在屋外守候；有時一起進窩睡覺，母鳥還會禮讓公鳥先行。天亮的時候，還聽到牠們咿咿唔唔的細語聲，那聲音繾綣而纏綿，跟往常的聲音不同。牠們兩個在裡面新婚燕爾，不知東方之既白。

牠們先是不打不相識，然後體會到形單影隻的寂寞，最後和好如初，攜手同眠，與子偕老一生。大家都說白文鳥善解人意，可以親近人；其實，牠們有自己的生活習性，很能勇敢的追求真愛，當然一定更善解「鳥」意，懂得另一半的心情感受。

天地有情，小白文鳥也很有情。

高麗菜心園

本名郭冠群，國立台北藝術大學美術系畢業，資深出版人，喜歡說故事給兒子聽，喜歡畫圖給小孩看，喜歡做一些有趣的好書，跟更多的小朋友分享。現在工作是巴巴文化負責人。

一隻紅嘴黑鵯的故事

某一天傍晚，幼稚園門口聚集了許多小朋友，在觀察紙箱內的一隻小鳥。老師特別交代小朋友，只能遠遠的觀看，不可以太靠近呵！原來，這隻雛鳥還不會飛，牠的爸媽正守護在園門口的樹梢上，只要有人太靠近牠的寶貝孩子，牠就會尖叫示警，甚至於俯衝而下！

後來老師說明原委：白天的時候，有位小朋友發現這隻小鳥掉在地上，可能還在學飛，一不小心栽了個跟頭，受傷了。因為怕牠被貓吃掉，就把牠裝在紙箱內；沒想到牠的父母輪流守候著，還會撿拾果子，捕捉小蟲，甚至捉來一隻蝴蝶給牠吃。世間竟有這麼愛護子女的鳥爸爸和鳥媽媽，真令人感動。

牠們是紅嘴黑鵯，又叫紅嘴烏秋，生活在中低海拔的山區，是很有家庭觀念的一種鳥類。牠們有尖長的紅喙，全身披上一襲黑色風衣，頂著直立衝天的龐克頭，好不威武！牠的體型只有二十來公分，卻有迅疾的身手，還真的會攻擊人。據說大禽鳥想要捕捉小烏秋的時候，烏秋爸爸和烏秋媽媽會同時升空，聯合夾擊，迎面痛擊敵人。牠們有過聯手擊敗大冠鷲的紀錄。

以後的日子，每天都有紅嘴黑鵯的故事。大清早起，鳥爸媽急著來餵食，一直繞著

圖／高麗菜心園

房子鳴叫，小小烏秋也在屋內應和。每天都要餵上好幾回，小烏秋逐漸習慣臨時的窩，大烏秋也逐漸習慣人們走近牠的小寶貝。漸漸地，小寶貝能振起翅膀，偶爾平飛一段路。牠飛得不高，飛個十公尺左右又降下來，大概還在練習吧！家長們每天接回小朋友時，都會詢問一下牠的復原情形，小朋友們也七嘴八舌報告牠們的生長狀態。有了共同話題，感情忽然融洽起來，烏秋的舉動緊緊揪住了大家的心情。

直到有一天，紅嘴烏秋不見了。牠飛走了嗎？沒有。當老師發覺牠每次平飛，然後又會掉下來時，才知道牠的身體狀況不好。送到野鳥學會，做完全身健康檢查，才確定牠有先天性的殘障，是一隻不太能飛的小鳥。要不是父母一再的餵食，牠很難存活下來。而今，牠只能住在特定的大鳥園，得到悉心安全的照料，過著簡易的飛翔生活。

鳥爸爸和鳥媽媽難過了好久。牠們不知道小烏秋到哪裡去了，連續幾天都在幼稚園門口徘徊不忍離去。有時聽到牠們呼喚小烏秋的聲音，越叫越急促，聲音也越來越淒厲。可是我們又不懂得鳥語，誰都沒辦法對牠們解釋什麼。又過了幾天，牠們飛走後就不再回來了。

這可能是最好的安排方式了。聽說即使小烏秋完全正常，當牠會飛以後，父母也會離牠遠去，讓牠獨立生活。而我們，也不可能照顧牠一輩子。當老師簽下同意書把牠安放在野鳥學會時，即使百般不捨，也很明白這是唯一最好的安排。對牠如此，對人不也是如此？從照顧牠的過程，我們學到了許多寶貴的經驗。

奶茶國度

電話另一頭傳來的聲音問道：「怎麼？奶茶變成你的鄉愁啦？」

可不是嗎？上回在南京，看到獅子街有許多各國口味的餐飲店，都看不上眼，一看到來自臺灣的冰品珍珠奶茶，立刻買了一杯。兩塊錢一杯，折合臺幣才八元，太便宜了。喝了一口就覺得不對味，珍珠沒煮爛，硬硬的，真是一分錢一分貨，反正那麼便宜，還有什麼好挑剔的呢？

一年後到了廣東省陽山縣，當地人都說這裡是個「窮縣」，可是大陸南方的窮縣，還是比北方一般的城市有錢，走過一條街，看到有兩家珍珠奶茶店，猜想這裡並不窮。珍珠奶茶一杯一塊五毛錢，又便宜，又是標榜來自臺灣的，當然也要買一杯喝喝看囉！這回珍珠煮熟了，不硬，可是奶茶粉沒攪勻，還是不對味。算了，反正那麼便宜，還有什麼好挑剔的呢？

每回電話中都對遠在臺灣的妻兒說起，這裡的珍珠奶茶不好喝。那麼，回家後，當然要豪飲一大杯700c.c.的奶茶才過癮了！

幸好家中的小女兒是我的同好，「她喜歡喝嘛！」這成了我常常跑去買奶茶的理由。剛開始買傳統式的珍奶，QQ的珍珠，配上甜甜的奶香，微糖，去冰，口感真棒，真不愧是臺灣名產。後來買些加料的，換換口味也不錯。我覺得蜂蜜的非常好喝，味道很天然。胚芽的也很健康。其他杏仁口味的，焦糖口味的，巧克力、咖啡凍、茉莉香、薰衣草口味的，都有獨特的口感和香氣，興致來了就想嚐一嚐。至於椰果奶茶、布丁奶茶、仙草凍奶茶，那是珍珠賣完時，我也很樂意品嚐的選項。

珍珠奶茶種類多，味道好，冷飲熱飲皆宜，還帶有嚼勁兒。小女兒還會補上一句：「很有營養呵！」大家都知道早期的奶茶流行一個很俗的名字——「波霸」，大概取其「大而美」的意思。這麼便宜有料的飲品，街上賣，夜市賣，茶餐廳也賣。不用挑那一家做的，統統都好喝。它是源自臺灣民間的特產，早已做出口碑，遠近馳名。別小看那小小的店面、不起眼的市招，聽說港星來到臺灣時，也會指名要喝上一杯呢！

孩子，有你們真好

記得大女兒出生後，我們帶她回老家。等了好久的大兒子一見到妹妹，立刻拿出一顆糖果想送給她。這是兄妹倆初次相逢的場面，當時哥哥才兩歲，還不懂嬰兒不能吃糖果，但那一幕溫馨的互動景象，常常浮現在我眼前。

兩個孩子長大一些後，大兒子喜歡玩小汽車，他常把小汽車一輛接著一輛，從客廳排到臥房，再從走道排到廚房。妹妹喜歡跟在後面幫忙，哥哥有模有樣指導妹妹要這樣那樣排。哥哥是個堅持原則的小孩，而妹妹會專心聽懂哥哥說的話，照著去做。

漸漸的，他們喜歡養寵物。從這時候起，父母教他們洗魚缸、餵鳥飼料，也學習每天摺衣服、整理垃圾桶。有一回倆兄妹在浴室洗鞋子，邊洗邊聊天，聊起每件衣物的功用，還討論爸媽編派工作的心理，發現：「爸媽每週讓我們玩一小時電腦前，都會先叫我們做家事！」這兩個孩子真是人小鬼大。

後來我們搬新家，兄妹倆結伴搭公車上學。哥哥下車前會叮嚀妹妹如何投錢下公車，每個步驟都交代得清清楚楚。學校同事轉述這個過程給我聽，盛讚哥哥細心又負責。

意外還是發生了。有一回，我在家左等右等，時間過了，兄妹倆還是沒回家。我很想衝去學校找他們，又怕待會兒就有電話進來。正擔心得不得了，他們回來了。原因是放學後，哥哥等到妹妹時，才發現便當盒遺忘在教室裡，而公車票卡和零錢都在便當袋裡。

他們折回教室，門已經上鎖。兩個中低年級的小朋友，身上沒有銅板，只好沿著公車路線徒步走回家。六個公車站距離、大約三公里的路程，加上沿途找路的時間，走了將近一個小時。一進家門，哥哥說著說著就哭了。我趕忙摟住小兄妹，不斷地安慰他們。

小女兒長大後，常聽起我們談陳年往事。她也會用心聽，想辦法加入大家的話題，於是她的口語表達能力特別好。她和哥哥姊姊一樣都是聽床邊故事長大的，也喜歡閱讀，歷史故事、民間故事知道的不少。兄妹三人有時在車上玩成語接龍的遊戲，一人開頭，一人接尾，玩得不亦樂乎！讀大學、高中的哥哥姊姊，在讀小學的小妹面前可討不到便宜。三個人有許多共同的嗜好，後來都選讀人文社會組。

幾年前全家人一起遊黃山。黃山高聳而山路蜿蜒，我們走了很長的路。孩子們健腳飛快，做父母的只能瞠乎其後，途中三兄妹遠遠看見一顆「團結松」，那好像是一株樹幹從半身高的地方再分出三株樹的模樣。三人一時興起，三雙手交疊，團結在一起，合照一幀。我走在後頭看到這景況，心中感動不已。三兄妹感情這麼好，我竟然不知道？是我不夠了解他們嗎？

其實，我真的未曾教給他們什麼，只不過內心好像有一股渴求引導他們的力量，希望引導他們有愛心、堅持原則、做家事、細心又負責、堅強、有共同話題、團結在一起。想著想著，這個爸爸會不會奢求太多了呢？

輯六　居家生活

居住臺北都會區，已經超過半輩子。

喜歡都市叢林嗎？不喜歡嗎？說不上來，總還在適應中。倒是一直沒忘記探望老家的父母，來自大陸的老奶奶，還有弟弟、妹妹，以及小時候待我甚好的阿姨們。隨著年齡的增長，生活擔子不曾減輕，但也一步步學習放鬆心情過日子。

剛烈和樂真性情的老奶奶

清明時節，上山掃墓。此時此刻，心中最感念的就是我家的老奶奶了。

老奶奶接來和我們同住的時候，已經高齡九十歲了。那年我的二女兒容容剛出生，九月左右，老奶奶就從大陸被接來臺灣。她老人家很開朗，很知足，每天都快快樂樂的過日子。有一天她掐著指頭數數兒，數完後笑咪咪的跟我說：「兩邊的孫兒我都見到了。」

接來臺灣之前，她有好幾年不曾下床，整天窩在床上玩牌，打發日子。那時已經纏了小腳，北方冬季嚴寒，腳沒力氣，不能下床走動。可是父執輩們輪流回去看她後，她的生命力忽然張揚開來，能走，能動，還能中氣十足滔滔不絕地訴說多少年來的故事。最令人驚悚的是，文化大革命期間，她被捉去遊街示眾，拉到臺上批鬥，罪名是家裡三個男丁都跟國民黨軍隊走了，當然是非鬥臭不可的反革命分子。於是紅衛兵們叫囂著：「你去向蔣介石要人，把你家三個國民黨特務交出來！」沒想到我們家的老奶奶回嘴道：「他們離家這麼多年，是生是死我哪兒知道？你們要我向蔣介石要人，我還要你們替我向毛澤東要人！」這是多麼剛烈的性格，原來咱們北方人是這麼強悍的！

我的父親從來不過生日，一來是過慣了清貧日子，更真實的原因是他離家時才九歲，哪知道自己的生日。老奶奶當然知道哪一天生下他們的。因此，每年老大、老二、老三的生日，她就在老家放聲大哭：「兒呀！你們在哪兒呀？回不回來呀？」哭得聲聲斷腸。後來我們知道這些事情後，鼻頭好酸，淚水一直在眼眶裡打轉。

老奶奶很疼容容。每回看見小容容，就叫她「小精」，讚許她好聰明，總要抱在懷裡耍一耍（山東土話「玩一玩」的意思）。從襁褓中的嬰兒，一直耍到八、九歲。有一天老奶奶告訴我說：「抱著她，怎麼不重了？低頭一看，才知道她的腳搆得著地了。她長大了。」

老奶奶常和我們聊天，說起她年輕時牽著老大、老二上街頭乞討，不得已讓人把孩子帶到東北，後來才知道送走一個就再也盼不回一個的經過。可是她講這些話時，除了些許感傷，心中已經沒有怨恨。她早已看開了那些苦難的歲月，很知足於眼前的生活。

老奶奶的身體很健康，她幾乎很少上醫院，印象中也沒吃過兩天以上的藥。她睡得飽，吃得好，生活都能自理。她在大陸配得一副假牙，有一回不小心吐掉了，大弟把它撿回來，稍作清理，居然能繼續再用。還有一回我們去六福村動物園玩。我推著輪椅，她指著路旁的石頭造景問我：「那是石頭，不是人吧？」回家後我的母親帶她去看診，進出醫院半日，摘除白內障手術後，她又得以重見光明。又有一回，她到我住的四樓公寓來玩。那棟房子沒電梯，她卻堅持要自己走上樓。走了半層，就已經氣喘吁吁。我趕忙背起她直奔樓上。後來大弟聽到這件事，用有點羨慕的語氣對我說：「老奶奶真的讓

百歲老奶奶泰然面對人世種種。

你背呀？我都沒有背過呢！」這才猛然想起，她平常都不用拐杖，在家常常扶著牆壁或是桌椅走路，她就是不喜歡麻煩別人。

民國九十一年十月二十一日的早晨，老奶奶無病無痛的走了。距離她出生於民國前八年的歲數，已經是福壽全歸的百歲老人家。我們有幸和她相處生命最後的十年，也在她身上學到許多。在她身上，我看到堅毅強韌的生命力，泰然面對人世間所有的艱難困阨，那和樂、開朗、樂觀的真性情，是我一輩子都嚮往學習的生活態度。

孤挺花的歲月

從她家移植來一盆孤挺花，就種在我家的七樓陽臺上。七樓風很大，日照有點不足。孤挺花無所謂似的，依舊綻放她的笑靨。剛開始只是一棵球莖，在幾片綠葉的呵護下，長出一株花枝。花枝繼續向上伸長，開出對稱的花瓣。鮮紅的色澤，低垂向外，美豔而帶有些含蓄。後來，旁邊又多長了棵球莖，重複開出另一株花朵。

春天過後，她一整年不再開花；秋天來到時，她瑟縮在陽臺上，準備冬眠。可是到了第二年，孤挺花還在原來的位置上，她卻不開花了。偶爾淋些雨水，也忘了添肥料，她不開花就是不開花。花兒謝了，葉子日漸凋萎，五片、三片、一片，最後連一片葉子也看不到了。

今年是第三個春天，她又「活」了過來。原來整棵球莖深埋在土裡，並沒有死，只是她在蓄積能量，準備好時機再重新出發。或許去年剛搬來不久，她還來不及準備，只好躲藏了一整年，今年又可以大展身手，讓春天吹拂她的笑靨。

這不禁讓我想起送花的人了。她是位長者，生活在傳統觀念中的老人家。年輕時，嫁入一個日漸凋敝的三合院大家庭，從此過著一貧如洗的日子。她省吃儉用，賣命工作，無怨無悔的付出了青春；甚至在家境不大寬裕時，排除萬難，決定買下一棟房子，讓全家人有個遮蔽風雨的地方。有很長的一段時間，家中大大小小事全靠她張羅，而今僅剩的一點老本也拿給兒子娶媳婦了，還在不眠不休的照顧著中風後的老伴，依舊苦撐著一個家庭。人生旅途中，她備嘗艱辛，卻依然臉上堆滿笑容，用很樂觀的心情迎接每一天的生活。那堅持、固執、樂觀、敢作敢為的方式，終於撐起一片家園。

可惜的是，她常常力排眾議，在孤獨中作決定，也因此付出再多，也得不到多少掌聲。即使如此，她活在眾人不看好的目光下，依舊綻放她的笑靨，做出令人意想不到的成績。

是呀！孤挺花就是孤挺花！依舊孤單的過著自己的歲月，依舊很挺拔地找時機開花，即使環境依舊那麼惡劣！

大哥該做的事

「興仔」是我大學同班同學，香港僑生。幾年前我過境香港的時候，特地拜訪他。好幾年不見了，我們聊起近年的生活情形。他告訴我：「父親剛過世不久，在臺北做生意的弟弟就吵著要分家產。因為父親晚年的生活都是我在照顧的，自然而然把房子過繼到我的名下。這幾年的確付出許多心力，媽媽也還住在這裡，需要照顧。沒有理由把房子賣了……。」說著說著，一向堅強忍讓的他，不禁哽咽起來。

我能感受到弟弟急著要錢，而身為大哥的他一心護著媽媽，想留下一個住所給媽媽的心意。為了安慰他，我轉移話題，對他說：「幸好，我家中的弟妹們相處得還好。」冷不防地，聽到他淡淡地幽幽地回了一句話：「兄弟不和，是從父母過世後才開始的。」

這讓我想起好幾年前，另一位大學同學「阿孟」也遭遇到類似的情況。他的父親很早就走了，當媽媽心臟病過世後，弟弟就吵著分家產。更令人難受的是，教他弟弟前來無理取鬧的人，是他們兩兄弟的親舅舅。我的好同學是位溫和善良的謙謙君子，他還對我說：「我也不怪舅舅，他也是為弟弟好。」

有一年，我四阿姨的婆婆去世了。當天所有的孩子都回到老家，大家七嘴八舌的討論喪葬事宜。沒有人注意到那個當小學老師的么兒一直不發一語，獨自坐在角落，一會兒人也不見了。過幾天大家才恍然大悟，他當天下午立刻拿了印章，辦好手續，一人獨自領走了喪葬補助費，全都落入自己的口袋，一個蹦仔也沒讓別人看到。原來，他們家好幾個兄弟都是公教人員，這筆錢每個子女都有資格領，但是公家機關規定一戶只能領一份，大約四十多萬元。從那天起，這個么弟避不見面，兄弟形同陌路，留下親友間談話的笑柄。為了一些錢，從此在親兄弟面前擡不起頭來，值得嗎？

前些年，家父突然過世，這簡直是不可承受之重！我們原是清寒之家，依照習俗辦完喪事，是個不小的負擔。父親生前留下的積蓄全由母親繼承，兄弟間再東拼西湊的，勉力處理完後事，都貼了些錢。我身為兄長，下有二弟一妹；只有我可以領取公家機關的喪葬補助費，而他們都是資歷較淺的勞工，受聘於私人公司，能領到的勞工補助不多。於是，我決定把我的那一份捐出來，平分給他們，當作大家出錢出力送爸爸最終一程的慰勞。

當時，大家都沒心情談錢的事，沒有人說過感謝的話。也是因為我們家人感情本來就平平淡淡的，男生之間不太會互訴心事，平日見面話語不多，也不熱絡。到了後來，我漸漸感受到兩位弟弟表現出來尊重的態度，凡事願意聽聽大哥的意見，見面多了笑容，談話也多了話題。親友看見了我們家發生了改變，有些話也傳進了阿姨的耳朵，有一次她很感慨的對我說：「兄弟間的事你處理得很好，你真有心啊！」

每年清明時節上香的時候，我總會對爸爸說：「這幾年家裡過得很好，兄弟們相處得還可以，請爸爸放心。」

生活方式

接連的幾波寒流，冷得叫人直打哆嗦。天寒地凍的，拿起筆來，手都僵硬了；磨了些墨汁，一會兒功夫就黏黏稠稠的。望著窗外的玻璃，已經添上一層白霧，夜也深了。

幾年前開始寫春聯，那只是一時興起，當作閒暇時光的遊戲。沒想到兒女們都很好奇：紅紙去哪裡買？為什麼紙張上有金粉？這是什麼墨汁呀？可不可以寫寫看？

當然可以來試試。我弄墨、搦管，執起他們的手。當他們拿筆寫字在這麼光潤的春聯紙上，才發覺筆墨不好控制。平常沒練筆，一筆畫都沒拉直；墨也不聽使喚，越是小心翼翼的慢慢寫，那捺下去的筆墨就散得越開，變成淡淡的顏色。寫壞了又有什麼關係？就當作練習嘛！春聯紙並不貴，糜研齋的楊小姐看到我再去買紙一定很高興，她一定以為我又要多寫幾幅送人了。

我通常只寫個四、五幅春聯送人，都是至親好友。一個理由是，自己只能寫楷書，偶爾寫些隸書，因為平時疏於練習，有些字還要臨時惡補，先在宣紙上面寫兩遍，才敢落下筆墨。這樣的三腳貓工夫，真的只能向自家人展示。第二個理由就有點沾沾自喜了。因為春聯的詞句是自己想的，符合自家生活寫照，貼上一年，也不會看膩；有時走到家門口，還會微微頷首，覺得文句不錯。不過這也只能敝帚自珍，不適合眾人一體通用。

寫春聯並不難。可以先從單字寫起，「春」、「福」、「滿」字，年年都寫，剛開始寫，就覺得春意浸滿了整個書房。再寫些很討喜的四字句，譬如「大家恭喜」之類。比較難的是一副七個字的春聯，這可不能寫壞其中一個字，壞了就整聯報銷了。因此遇到書法帖少見，以前沒臨摩過的字，要先想一下怎麼組合好字形。不僅是一個字的造形，還要想一下字和字之間聯貫的行氣。

有一回，我怎麼寫都覺得「歲」字的筆畫太多，偏偏上下字的筆畫都少。靈機一動，就把「歲」字的左下角改成三點畫交代過去，這是書法中很普通的「省筆」，寫出來之後果然美觀。類似這樣的情形，可能要多試幾種寫法。

常常把時間花在琢磨文句上，真正下筆往往落到除夕前一晚了。剛開始寫春聯紙時，紙面太光滑，不太習慣；後來才越寫越順，手腳俐落，大筆一揮即就。寶貝女兒很有耐心的在隔壁桌上寫，看到我一個晚上寫出滿地的成果，大為驚歎。大女兒寫的是：「淑氣臨門早，春風及第先」，貼在她的臥房門口，正是一個高中生的心情。小女兒寫的是：「大吉大利、平平安安」，她說：「可以帶回桃園老家貼。」有回，我寫道「心存仁里勤勞宅」的句子送小女兒從前的保母蘇太太家，她收到了很高興，覺得很符合他們家為人處世的態度。有些春聯的詞句很好，像「天增歲月人增壽，春滿乾坤福滿門」，對得巧妙又應景，我也會偶爾寫一寫。

當滿地都是等著晾乾的紅紙，年味氣氛就真的來了。妻子觀來看去，微笑地對我說：「每年都寫吧！讓孩子們感受到過年的一種形式，我們家的生活方式。」

我們家門口的春聯。

春天在我家

剛換新居的時候，真的種不出什麼花來。大概是樓層太高，風太大，偏偏對門大樓也很高，於是他們擋住我們這棟樓的日照，我們也擋住他們那棟樓的陽光，大家為了爭取樓板面積，把陽光給犧牲掉了。

兩棟新樓看起來光鮮亮麗的，就是少了些什麼？直到有一天，發覺對門的陽臺上多了些紫色花卉，才知道我們缺少的正是水泥叢林中的一分柔美。

對門陽臺種的是日日春，一種不怕風吹，反而能隨風搖曳的纖細花朵。弱不禁風的細枝，簇擁著星辰點點的花海，任由風吹擺蕩，更顯婀娜多姿。仔細看去，不只一家種這種花，別家也種了這種花。算一算對門大樓的住家陽臺，竟有六、七家十幾個陽臺種滿了日日春！再回頭張望一下自家的這棟大樓，樓上樓下，也有幾戶人家種滿了日日春。單一色調的牆面，點綴著小小叢的綠葉紫花，煞是美麗！我這才找到了最適合我們這一帶生活環境的植物。

於是，我也栽種些日日春，就在陽臺的一角。陽臺一角面積不大，只能分散開來種下三株，沒想到它愈長愈茂盛，長滿一方天地，整年都在開花。冬天的花葉較稀少，看得出它的枝梗蠻結實的，越接近根部的地方，枝梗較粗，斑駁的咖啡色皺紋也越是明顯。從根部往上延伸，漸漸地伸展出綠色的莖脈，而後展現欣欣向榮的枝葉。原來它也是經過一番寒徹骨的考驗，再把最美好的一面呈現在世人眼前。到了春、夏、秋三季，它就拚命展露那燦爛的笑顏，紫花綠葉開得滿頭滿眼，竟讓人以為每天都是春天！

往後的日子，我家不論風雨陰晴，都有個小角落天天開花，它常常帶來賞心悅目的好心情。我也常常佇立樓下，仰觀自家大樓，再擡頭企望對門的大樓，經年開花的日日春妝點出好門面。這裡全是紫色的品種，構成統一和諧的風貌。其實除了紫色之外，它還有紅色、桃紅色、白色，色澤更為亮麗出色。下回我走在高樓大廈間，是否會發現另一種風情呢？

嬌滴滴的口紅花

從花市抱回一盆口紅花，兒子問我為什麼買下它？我告訴他：「因為一片綠意盎然的感覺！」不是嗎？葉片油亮亮的，有點豐厚；枝椏不斷地延展，有點翹起，彷彿美女髮梢末端微微帶起波浪來。典型的室內盆栽，不管我們走到哪裡，眼波都會跟著它移動。

會買下它的另一個原因，是因為從來沒聽過這麼好聽的名字。賣花的人只說照顧它很簡單，每星期澆兩三次水，不必施肥，過一兩個禮拜就開花了。可是，他還是沒告訴我們為什麼叫做口紅花？

只好等它開花吧！從買花回來的第一天起，我們就開始等。起先，我們發覺口紅花的葉片會轉動，每天就一兩片葉子會試探性的變換方向，它可以轉成九十度角，好像在尋找光源。後來也注意到它的生長速度蠻快的，葉片掉的少，長的多，逼得我必須剪些枝梗，好讓大多數的葉子能透透氣。妻看到我天天和小蘿蔔頭討論得興高采烈，每日看三回，又是剪枝、又是澆水的，終於發出了少見的嬌嗔：「花三百萬元買的呀？」

終於等到這麼一天，花真的開了。在每一綹髮絲的末梢，長出好多大小不一的花苞，全都是深咖啡色的，甚至說近乎黑色的。妻有點失望：「哪有什麼好看的？」這些日子以來，討論、猜測了老半天，竟然得到這樣的結果，當然有點失望了。

深咖啡色的花瓣，持續生長著；而這一天，我們剛好到彰化花卉博覽會參觀。眼尖的小女兒居然看到了口紅花！真的是吔！它掛在戶外，飲用甘泉，恣意地伸展枝椏。葉片依舊茂盛，或許日照太強了，有點發黃。令人驚訝的是它的花容不一樣。不，應該說還是一樣的，一樣的深咖啡色花瓣，裡面多長出了鮮紅色的花蕊；而那花蕊似管狀，就像一枝鮮豔欲滴的口紅從口紅管裡伸出來。原來，這才叫做口紅花。過幾天，我們家的花也會長出紅彩來的！

回到家後沒幾天，口紅花以它完美真實的面貌呈現在家人眼前。興奮的小女兒四處散播這個好消息，連幼稚園老師都知道了。接下來又有得忙了。我們忙著剪枝，讓老師看看口紅花的模樣；忙著壓阡，試看看能否繁衍出第二代；忙著插枝，終於有一株開始長出新綠……。忙歸忙，大家都很歡喜！

網路象棋

我喜歡下象棋，卻苦於找不到棋友。不是我的段數高，正好相反，因為棋藝不上不下的，才不敢找人下棋。主動找人，人家還以為你很厲害，三兩下就被打得落花流水了，那真是顏面無光。如果僥倖勝了兩、三盤，看到對手臉紅脖子粗，自己也坐立難安，弄得走人也不對、再坐下去也不對。幸好這些問題都因為網路的便利而解決了。

網路上有遊戲區，這是免費的園地，隨時隨地可以找人下棋。網路上見不到對方，也猜不出對方的實力如何？就好像瞎子摸象般，每次都在探索、冒險。通常第一局都在探測對方虛實，遇到強者，知道自己下不贏他了，好吧！早點鳴金收兵，接受敗戰事實，讓他早點兒添加一筆得勝紀錄。你可知道？下棋很花時間的，放棄死纏爛打，給別人多些時間，也等於給自己多留一些時間。

假如三兩下就清潔溜溜解決了對方，那麼可能是遇到了新手，可以選擇不再欺負對方，轉臺再戰。如果殺得難分難解，終於驚險克敵，那就是旗鼓相當，下起來格外有興致。為了追求更美觀的勝利紀錄，我會更小心翼翼地過關斬將，看看自己能夠連勝幾回？勝利果實並不容易保持，至今只有一次九連勝的紀錄，通常不過三、五回合就連勝中斷了。勝負紀錄銀幕上都會顯示，獲勝次數愈多，身價越高，自己也會沾沾自喜。

我很隨緣，不論強者、弱者，統統歡迎來下棋。有的人很自負，勝利次數多了，就不想「浪費」時間和次數少的人鏖戰；更自負的人是，下棋下到一半，眼見贏面較大，就來和你聊天，盡說些要你豎白旗的話；他們好像都忘了「人外有人、天外有天」的道理。其實「球是圓的」，一不小心，可能會「大意失荊州」呢！

「勝負乃兵家常事」，得失何必掛懷？時間到了，就要發揮最大的自制力，歇手幹活去，千萬別一直想連勝或是想報仇，有道是：「寃寃相報何時了？」何況網路上的對手早已跑得無影無踪，想報仇只是一個藉口，真正目的是想給自己找一個繼續玩下去的理由而已。

「留得青山在，不怕沒柴燒。」明天網路依舊在那兒，為了明天再玩，今天就別再沉迷下去了吧！

現場看職棒

今天心血來潮，和兒子一起到新莊棒球場看職棒。第一次到現場，才發覺和坐在家裡看電視轉播，氣氛大不相同。

我們坐在一壘側的內野區，這時球賽還沒開始，先看到的是兩隊球員在熱身，他們是象隊和桃猿隊。隊員們輕鬆地跑步，傳球，接球；象隊集中在一壘包到右外野區，猿隊集中在三壘包到左外野區，好個壁壘分明。咦？練著，練著，怎麼二壘包附近出現了一頭象和一隻猿在那兒交頭接耳，仔細一看，黃色衣服的是彭政閔，藍色衣服的是陳冠任，他們以前是同一隊的，趁著比賽還沒正式開打，先來敘敘舊，聊聊天。真是哥倆好呀，寶一對！

球員比賽，啦啦隊也較勁

比賽隨即開始。這時鼓聲咚咚響起，加油聲不絕於耳。球場上大家有默契，客隊先攻，他們的隊員休息區在三壘邊，球迷的觀眾席也在三壘上方。攻擊方上場以後，現場啦啦隊就由他們率先響起。一位隊長，手持擴音器，大聲發號司令。四、五個小喇叭手，吹奏進行曲，帶動群眾一起來加油。觀眾席前排還有show girl，載歌載舞賣力地帶動唱。再加上小孩子的氣笛聲，尖銳刺耳，好不熱鬧！

觀眾情緒很high，大家手持加油棒，跟著啦啦隊長一起擺動，打拍子，連續搥擊加油棒，配合加油吶喊聲，製造出更大的音效。有時把加油棒放在口前，變成大聲公，一齊大喊：「安打！安打！」啦啦隊才剛喊完，小喇叭立刻接上；喇叭聲一停，隊長又接著帶動喊；一波未息，一波又起。隊長還告訴大家，安打是喊出來的，要大家一起喊，結果這回又換了臺詞：「全壘打，全壘打！」大家都好想贏啊！

加油聲很大，小喇叭聲更大。當球隊落後的時候，加油，可以發洩情緒；當球隊領先的時候，小喇叭，更可以激勵士氣。我聽到他們常常吹奏的是軍隊進行曲，比一般的軍歌節奏更快，每一節四拍都改成三拍似的。

球迷熱情，球員也回饋

啦啦隊很有技巧。有時他們要求觀眾分兩組，女生一起喊球員的名字，喊完之後，男生再一起喊「全壘打」！這樣一來，聲音更清脆，更響亮！其實，不是每個球員都有這種福分的，那要看他平常打不打得出來全壘打，符不符合觀眾的心理期待。剛才聽到：「彭政閔」、「全壘打」的喊聲，接著不久，他就敲出一支長打，跑到二壘。球員一上壘，換成象迷對他大喊：「彭政閔、我愛你！」這時他站在二壘壘包上，也脫帽揮手向球迷致意，原來，球場雖然大而空曠，球迷的加油聲他們還是聽得見的。

也有些個別的球迷，用他們庶民的語言，此起彼落地為球隊加油。希望對方攻擊球員被三振，就在二好球之後大聲喊道：「死啦！」看到對方球員在一壘壘包，就期待下個打擊者擊出滾地球，球迷就會大聲喊：「double play！」

現場看見的，轉播可看不見

其實球場最看不清楚的，就是牽制和雙殺。因為投手投出去的球速很快，打擊者出棒也很快。通常是聽到清脆的擊球聲，才知道球飛出去了。可是當我們目光專注於本壘板時，冷不防地投手把球傳向一壘，常來不及看到牽制是否成功。雙殺更是如此。我們只有一雙眼睛，看二壘就漏了一壘，這時就覺得電視轉播很好用，它不但可以看這邊，看那邊，還可以來個精彩重播，還是多角度的鏡頭呢！還有那打到外野的高飛球，我們往往不知道球飛到哪裡去了。只有看到野手站定位了，才知道球在那兒。但是，一定要到看球員的動作，才能判斷是被接殺，還是落地形成安打。瞬間，球迷情緒會迸裂開來，歡呼對手被接殺，或是己方的球員有安打。

不過，別擔心！現場看比賽，有個大看板，登錄了現場比賽的詳細情形。現在是第幾棒，誰登場打擊？好球、壞球數？球被擊出去後，紀錄上是給安打，或是給失誤？全部一清二楚，觀眾不會有漏失。

除此之外，觀眾還可以看到許多轉播節目不會播出的漏網鏡頭。譬如每局開始前，都有投手練球、野手傳接球的熱身時間。每局打到最後一球，都會把球丟向觀眾席，送給球迷，球迷當然會熱情招手，希望球丟向自己。到第五局結束，工作人員會大力清理球場，讓球賽順利進行。又如投手被換下場，球迷會拖以熱烈的掌聲，肯定他的辛勞。

還有，轉播節目時，我們常常質疑主審裁判的好球帶，他判斷對了嗎？可是在現場，球迷都是從側面看球，大家都離主審裁判好遠，因此對於好壞球都沒有意見，只有在三振或四壞保送時，會出現喝采聲或歎息聲。還有一種情形，球被擊到外野時，我們看到大部分防守球員都向內移，而不是幫忙去追球；因為外野手很快就會把球傳回來了，每個人要守住自己的壘包，進行觸殺。這才知道，球一移動，所有的球員也都在移動，大家都關注著後續的發展，盡好自己的本分。球賽的勝負，繫於球員間良好的默契，整個團隊精神都要發揮出來！

下半季封王戰，別有看頭

今天是封王戰，大家的情緒超high的。我為象隊加油，可憐他們在對方強投雷力的壓制下，一路處於挨打狀態。第一局失兩分，二局再失兩分，三局失三分，對手十一支安打，自己都打不出來，只有一隻安打，情勢大為不妙。沒想到三局下一口氣追回五分，士氣大振，球迷超興奮！這就是棒球。無可奈何地是，雷力四局下又回穩了，越投越好，猿隊一直領先到終場。

九局上，看到對面的加油區在發送綵帶了，因為他們持續領先，快要封王了。而我們這邊的啦啦隊長說：「別氣餒，不要放棄！我們還有最後一局！」他很會凝聚士氣，匯聚起大家的力量。我覺得他說這些話，也有安撫人心，不要失去輸球風度的用心。不幸的是，滾地球，一出局了；接殺，二出局了；眼見大勢已去，對方陣營響起了歡呼聲，球迷全部都站起來了。對方的球迷興奮莫名，陣陣歡呼聲響起。

而我們這邊上場的球員，等著上場打完最後一球，等著看對方拋綵帶、放煙火，那種心情恐怕也是五味雜陳的吧？

拋綵帶的那一刻，獲勝球員衝向球場，又叫又跳，振臂歡呼！猿迷們抱以熱烈的掌聲，久久不歇。勝方球員一一發表感言，有歡喜，有淚水，交織成感人的一幕。猿迷們跟著享受勝利的喜悅，而另一邊看臺的象迷人潮逐漸散去。幾家歡樂幾家愁，又回到各擁其主的狀態。明年再戰吧！我似乎聽到象迷們心中的吶喊。

晨曦

飛機從香港起飛，直飛英倫。

從香港的夜晚，飛到英倫的清晨，足足飛過了十七個小時。途中有兩三個小時，天才濛濛亮，雲霞由黯紅而金橘而黃白，飛機卻始終停留在天際線上，靜止不動似的。窗外本是一大片暗潮洶湧的黑色汪洋，頗令人震懾恐懼；忽然間換成水天相連的波光粼粼，金白色的瑞氣霞光，穿透一層層的水波，彷彿衝破霄漢的劍氣，刺眼奪目，直接射入眼簾。景象美則美矣，但又讓人不敢逼視。

在飛機上翱翔，常常讚歎穹蒼之美，美在雲朵的變化多姿，美在日光的瑞氣千條，令人歎為觀止。直到有一次鳥瞰寶島臺灣的清晨，才知道「天外有天」，更美的地方在這裡！

那一次也是清晨，行色匆匆的我，趕了個大早，為的是飛到高雄，主持一位研究生的論文口試。本來心頭沉甸甸的，記掛著一本論文，隨手再作最後的檢閱，卻怎麼也靜不下心來。無奈的轉轉頭，忽然瞥見地面上的風景，正是青翠山巒。斜斜的青色山陵，中間夾著斷續不相連的白色小繩；也看到一座座的小山頭，個個頭角崢嶸，爭相迎取一方陽光。群山像散落的棋子，隨意擺放，而又光亮潔白，晶瑩剔透。只有山頭能接受陽光的照拂，於是地面上出現了好多顆珠玉，放在一條美麗大方的墨綠色手絹上。

我很仔細的凝視每座山頭，很想確定哪一座是玉山？玉山的右手邊可有座阿里山？這就好像探視久未謀面的親人，想像見到她時，心底油然而生一分狂喜。我初次感覺臺灣離我這麼近，這麼熟悉，好像可以盡情地擁抱。原來穹蒼之美可以不在天際，而在人間。

湖口老街巡禮

多年前買了一幅油畫，畫的正是湖口老街，因此一直有前往老街一遊的念頭。

初次來到這裡，才發覺這是一條古老而素樸的老街。街道不長，樓層不高，住家也不多，還真看得出一些古味。街頭北端是「三元宮」，供奉著堯、舜、禹三位古聖先王，俗稱「三官大帝」，主掌人間賜福、赦罪、解厄，這都是老百姓最切身的事情。這座廟宇簡單而不繁複，少了許多雕樑畫棟，色彩也斑剝褪盡；但是廟前有廣場、有戲臺，視野遼闊，氣象開朗，而廟內香煙裊繞，信眾仍多，可想見這兒仍然是當地百姓的信仰中心。

廣場邊就是老街入口，循此漫步，別有一番風情：

首先可以眺望遠方，老街盡頭就在目光所及的最深處，兩三層磚瓦房，門面整齊地排列著。一間間的細看下去，每戶門牆都有鮮明的浮雕，各自巧妙不同。有的人家單題一個姓氏，「羅」、「戴」、「林」、「黃」、「王」……，一看便知這是誰家的「產業」。有一家題上「南陽」、「豫章」字眼，這是中原河南一帶的地名，顯見客家人不忘本的傳統精神。有一家彩繪天官神明在門楣上，傳神又具立體感，色彩也鮮豔亮麗，當年可能是個「官宦人家」。彩繪花樹的人家很多，其中一家右題「東壁」、左書「西園」二字，猜想有庭園在門院內，是能附庸風雅的「書香世家」。還有一家也是「大戶」，連接三棟廳房而成一個大門面，門楣自右至左依序題寫「寅春」、「建寅」、「寅春」六字，這是古人左右對稱的寫法，記載當年建物完工的節令，也很特別。短短一條老街，長約五百公尺，卻有這麼豐富多變的門面，令人稱奇。

我看過金門老街，比這裡更完整，那是一種屋簷厚重的莊重感。也曾看過大溪的老街，比這裡更巧麗精工，那是一種富麗堂皇的商業氣息。而今這老街依舊以素樸潔淨擅場，有整治良好的磁磚道，有整齊畫一的窗櫺，還有紅磚砌平的露臺。步行到底，又有一座古色古香的「天主堂」，代表著早期先民的多元生活。來這兒觀光、賞景，真能「發思古之幽情」。

下回來此一遊，且莫行色匆匆，可買些陀螺、鈴鼓、童玩，品嚐花生糖、鹹冰棒，再搭配一些客家人的美食——粄條、擂茶，享受這個古蹟活化成功的範例吧！

微笑的海芋

陽明山的海芋花開了！

春節前後，在北臺灣低海拔的陽明山谷，海芋花開啟了早春的容顏。群山繚繞，雲霧飄緲，天地為她搭起了美麗的帷幕，於是她長在青翠山谷中，長在水田裡，冒出層層捲曲的綠葉，抽放出潔白素淨的花容。

她該是滿心歡喜的吧！以綠葉為底，對著大自然說聲：「早安！我也是早春家族的一員。」她該是滿心騰躍的吧！以白蕊為身，花枝招展地對大家說：「冬天過去，春天就要來了！」

可不是嗎？在冬去春來的時節，寒風依然令人微微發顫的時候，海芋花搶先迎春，贏得眾人聚焦的目光。一片綠海中，白色花朵枝枝挺立。微風吹拂，綠海湧起層層疊疊的波浪，呵護著嬌嫩的花蕊；花蕊卻昂然不屈的向上伸展，隨風搖曳，告訴大家「春」的來到。有時她也會沉潛在綠海裡，忍受一時的風寒，準備好明天一早再向大家報喜。若要問起「春江水暖」誰最先知道？那一定少不了海芋，她為綠色大地妝點了不少雅趣。

海芋花是愛乾淨的。海芋花下，有著清澈的小溪；溪水下有小田螺、小蝌蚪，牠們也在等待冬天趕快走到盡頭。是海芋花頂著強風，為小溪流帶來暖流，讓這些小生命悄悄地孕育孵化。

原始，自然，和諧，潔淨——這真是天造地設的絕妙組合。海芋看似柔弱，看似素樸，卻快樂自得。她在寒風中告訴大家：「春暖花開，春回大地！」

杏花林之外

元宵節過後的一兩個禮拜，正是杏花盛開的時候。杏花的花期很短，北臺灣也只有木柵貓空看得到，為了給班上同學一個驚喜，我約好了半天的時光，一起賞花去！

杏花林位在小山坡上。初入園區，立即感受百花迎春的熱鬧氣氛。杏花樹整整齊齊的排列著，有白，有桃紅，還有豔麗的朱紅，滿園繽紛燦爛，美不勝收。這裡植栽了三千多株杏花樹，株株茂密，伸手招展，好似夾道歡迎貴客的光臨。

太美了！白的潔白，紅的粉紅，仔細端詳這些花朵，有的開在樹梢頭，展翅迎向驕陽；有的長在枝幹上，靜待賞花人尋覓。杏花的枝葉像桃花、李花，而那柔和粉嫩的花容樣貌，桃、李卻怎麼也比不上；只因它的花瓣繁複，層層疊疊，鮮豔欲滴地展露笑顏。紅杏很嬌豔，桃杏更嬌柔，細看那潔玉無瑕般的白杏，卻獨占枝頭伸向天際。

從坡下、樹下往上望去，滿園隨風搖曳的春色爭輝。如果站到坡上往下看，又會是何等光景呢？

漫步向上走，遠離了人聲鼎沸的喧囂。來到園區的上端，君臨天下，彷彿「御覽」了整個花陣，微風吹起陣陣亂顫的花海，讓人神情恍惚，興起意亂情迷的感覺。再看看遊人如織、萬頭鑽動的熱情場面，眾人皆陶醉在美麗春景中。

今天是個豔陽高照的好天氣，正適合春日踏青，索性再往山頭走上去。一路蜿蜒而上，漸行漸遠，我來到一個有茂林脩竹的地方。

這是個不知名的地方，僻靜清幽，只聽得到鳥鳴聲，還有兩三隻蝴蝶翩翩飛舞。轉過山頭彎路之後，山勢就迤邐而下，原來「山不轉路轉」就是這麼回事。斜坡小徑引領我來到後山，點綴山谷間的還是杏花。杏花夾雜在青山翠谷間，以綠意為底色，再以桃紅豔彩妝點其間，少了前山花團錦簇的熱鬧氣氛，卻多了幾分林木稀疏的自然美。

這是主人偷藏起來的嗎？山谷間可望而不可及的杏花林，還真令人喜出望外呢！有道是：杏花林之外還有／杏花林之外還有……

茶農・山友

盛情難卻，一再推辭不得，只好留下來便餐，哪裡想到竟是滿桌豐盛的菜餚！除了魚、肉外，全是主人家自己種的。茄子炒得好香，地瓜葉好嫩；山藥瘦小精細，吃起來不鬆不黏，口感甚佳。菜瓜炒下鍋時，沒有加水，但是菜汁流溢盤面，甜味十足。竹筍湯不加任何佐料，清湯一大碗，喝來清爽香甜。

其實，我與主人家素昧平生。今天來到猴山岳的山腳下，是被山友帶來的。山友也是早上才結識的。她們是兩位約莫四五十歲的婦女，一路上，帶領我們繞過茶園，穿過竹林，介紹沿路的風光。走了好長一段的下坡路，來到了山谷中的這一戶農家。

主人熱情好客，大老遠就向我們招手，要我們進去屋內「奉茶」。走進屋內，冷凍茶、白毫茶一一沖泡開來，與客人品茗。等到我們要起身離去時，又被留下來用餐。

經驗告訴我，在山裡遇上不熟的路，一定要跟緊別人。既然因此結識了山友，山友也不覺得拘束，於是，我們只好恭敬不如從命。

這戶農家住在山谷裡，過著自給自足的日子。那泥磚砌成的老宅，已有一百二十年。老宅是三合院的建築，屋內混凝土的地表，屋外石磨、木條窗、茅草屋的陳設，無不訴說著悠久的歷史。更難得的是，主人家三兄弟，依然同心協力，親善和樂，守著祖先遺留下來的家園。

回程途中，走過另一棟民宅，山友說是她的「後頭仔厝」——娘家，現在已經沒人住了。又指著路旁層層疊疊的一堆磚頭說：「這些磚頭我搬過，那時候搬一個幾塊錢，蓋房子用的，後來不蓋了。」是啊！斑剝的苔痕，又是一段時光的印記。這時候我才知道，原來茶農和山友，是認識很久的鄰居。

今天，結識了山友，也因此結識了茶農。這一場巧遇，讓我感受到人間許多的親切、自然、和樂、自足。

生態池

初來中央研究院擔任訪問學人，心情愉悅而舒暢。從大門口走向文哲所，放眼望去，藍天白雲，天色清朗。來到家驊橋頭，有三五畦水田，還有一方水池。池的四周一片碧綠，樹林高低，起伏在旁。池水有荷花，有睡蓮，池底有田螺，有小蝌蚪，還有在陽光照射下才看得見的一條條黑線身影的小魚兒。當下還有蛙鳴聲，聲大而連續。偶而看見幾隻白鷺鷥停佇在樹梢，或是行走在水田間，綠的分明，白的可愛，水光倒影，分外亮眼。

這麼嚴肅的學術重鎮，一方水池也是為了研究需要而設的。原來，這座生態池是用網袋、防滲處理、植生護坡的生態工法施工，除了陸生、水生植栽外，中間另置浮島，布置溝渠景觀區、紅冠水雞保護區。這裡是臺北市第一座景觀生態公園，兼具生態保育及實驗功能。

我來的時候，還是寒冬，枯荷東倒西歪，散落滿地。過了春分，平躺的蓮葉伸出枝梗，綻放出一朵朵偏粉嫩帶點橘色的紅蓮。到了初夏，荷葉突然迅速生長，而後朵朵盛開。蓮花真的很美，蓮花瓣像那千手觀音指，包裹著黃底紅頭的花蕊，每朵伏貼在水面上，粉嫩花色，默默地一日復一日地綻放著。荷花也美，荷葉兒迅速竄升，覆滿水池，裙襬隨風招舞，接著是朵朵嬌媚的粉紫色花瓣，微微顫顫，一一揚起，揚起在舞姿風韻的綠海之中。

這段時光，時而春雨綿綿，時而豔陽烈烈。家驊橋下的四分溪，時而細流涓涓，時而水流滔滔。不變的是橋頭的遼闊視野，青山、綠林、藍天、白雲，大片光亮蘊育出小小水池的景致，總讓人感到一股寧靜，一股舒緩優閒的好心情。來到這裡，環顧四周，真可以放鬆筋骨，拋卻塵囂，它可以說是中研院最令人心曠神怡的一方美景了。

每日健走一萬步

妻帶回來一個計步器，推拖自己沒時間運動，於是就歸我使用了。我為自己訂個目標，每日先走五千步，半個月後，發覺超過五千部的日子頗多，就將目標逐步調高，六千、七千、八千，不知不覺就來到一萬步了。

每日健走需要恆心和毅力，最好再搭配好奇心去觀察這座城市。走路的時候，最容易看見最美麗的風景——人。每天有不同年齡層的人，有不同行業的人，衣著打扮不同，氣質更是大不相同。大多數的年輕人行色匆匆，尤其是都會女子，幾乎目不斜視的橫越馬路，但是她們常保有警覺心，周圍突然閃進一個人、一輛車，她們走避得很快。

最優閒的是老人，尤其是被外勞推在車上的老人。他們垂垂老矣，目光不再敏銳，有時歪著頭，閉目養神，不發一語，只希望陽光能照拂他們的面龐。外勞國籍不同，同國族的朋友自然聚在一起，交換生活經驗，老人們只能任憑擺布，耳邊不時響起聽不懂的口音，不知道他們會不會覺得很聒噪呢？

最令人討厭的是摩托車。他們貪圖方便，一心求快，常常在人行道上逆向行駛，因為下幾個路口就是他的目的地了，他不想繞彎再回轉。有時候，他們騎上人行道是為了方便停車，停在騎樓下。可是苦了我們這些行人，因為我們要退讓三分，還飽吸廢氣。

我為了增加步數，常常走ㄇ字型，先右轉進入巷道，之後直走，再左轉到大馬路上，就接回我原來的路了。大廈的騎樓是上班族吞雲吐霧的定點，他們的作息十分固定，銀行、診所、餐廳、百貨業的進出有時間性。轉入巷道會比較安靜，人車少，空氣較佳，也安全。巷道內有些較便宜的早餐店、水果行，比起大馬路邊的商家林立，風景不同。有些家庭陽臺花葉茂盛，後門的小巷弄也雅潔乾淨，看得出主人的好品味。

為了達成預期目標，我會主動延伸距離。到傳統市場買菜，就多走幾家看看，常常能看到更多種菜色，還能比較價錢。走到家附近的公園，就去拉拉單槓，穿梭不同的小徑。公園大小不一，小公園就在多叉路口中間，繞行一圈只有一百步。稍大的公園，繞行一圈三百步或五百步。公園越大，樹就越多。走進公園內，遠離喧囂，不會聽到刺耳的車鳴喇叭聲，沒有擺攤賣東西，這樣的生活環境很舒服。

晴天時人多、車多，空氣品質較差。雨天時，防水的風衣罩在身上，不必打傘，走起路來空氣很清新，反而更該出來走走。如果走在學校、公園、紀念館旁邊的人行道，路旁沒有店家，沒有騎樓，可以零負擔地隨意走走，很舒服。有時我也會漫無目標的隨意游走，才發覺巷弄裡有網拍小舖，也有手工烘焙工房，他們的店雖小，卻常有遠道而來的朋友造訪。有時我會留意哪些地方有飲水機、洗手間，這時你會發現有些住家供應愛心茶水，都會生活很方便，到處充滿了人情味。還有一次看到自助洗衣店的跑馬燈寫著：「請勿將寵物衣服放入水槽內清洗。」這回我可長知識了！養寵物的飼主常常把毛小孩視同人類，享有一切美好的待遇。

在林木扶疏的公園裡冥想沉思，或在熙來人往的街市看看人生百態，原來散步可以這麼好玩。每日健走，既健身，也增添不少生活情趣。

健檢八十分，換來心情一百分

五年前，因為身兼行政主管，安排身體健康檢查。當時，年剛過半百，但從未做過詳細的健檢，我帶著忐忑不安、加上一點好奇的心情，走進一家診所。

幾天後，報告出來了。血壓、血糖、尿液檢查都正常，讓我喜出望外。但是，超音波照到腎臟有小水泡，雖然不大、但有待觀察。另外，超音波照到頸動脈血管有個小白點，看起來像鈣化的東西，健檢醫師建議我到大醫院追蹤檢查。後來我去了臺大醫院追蹤一次，沒事。

轉眼間又過了五年，我心血來潮，再去做健康檢查。這回心情有點不同。一來年長五歲，體力不如從前，當然會有些擔心；二來上次健檢留下一些陰影，不知道有何變化？不過，前一晚空腹在家，仍故作輕鬆狀，妻問我：「你不擔心嗎？」我跟她說：「不會！」

現代的醫療科技更進步了。健檢當天就知道多項果，其中聽力下降了些。腎臟小水泡還在，沒有變大。另外，超音波照不到頸動脈血管的小白點，醫師反覆看了好幾次，血管沒有任何堵塞，讓我放心許多。

幾天後，健檢正式報告出來了。血壓、血糖、尿液檢查都正常，癌細胞篩檢也正常，可惜多了一項紅字：有輕微的脂肪肝。醫師安慰我：「這是現代人的文明病，不要太緊張，平日多注意飲食、睡眠、生活作息規律就好。」醫師的話還是要聽的。我們也知道許多慢性病是日積月累而成，早期預防，早期治療，是維護健康的不二法門。

這次的檢查，讓我對自己的身體狀況更有信心，更去除了上次健檢的某些疑慮，縱使有得有失，還可以給自己打個八十分。曾聽人說，健檢沒尊嚴，又很可怕，沒有人可得一百分。但人生到了晚年，不妨「與病共存」，我們不必太追求完美，只要有個七、八十分就夠了。健檢一次，能換來安定的心情，那就是很不錯的心情滿分了。

輯七

一沙一世界

執教大學，嘉義、臺北師範學院、臺灣師範大學。

教大學，需要不斷電的思考。腦筋永遠轉不停似的，想著學術問題，想著人生問題，傳道、授業之外，要解學生之惑，也要解自己之惑。漸漸地，觀看人情萬物有所思、有所感，再觀看自己的內心，更有所思、有所感。

快樂之方

孟子說：「樂以天下，憂以天下。」這是儒家宏偉的理想。孔、孟一生周遊列國，就是要立己達人，兼善天下。後世讀書人也以此為終身職志，因此范仲淹〈岳陽樓記〉說：「先天下之憂而憂，後天下之樂而樂」，成為千古流傳膾炙人口的名句。

這樣的理想並不容易做到。孟子之言是對齊宣王說的，以天下事作為憂樂的對象，這是國君應有的襟懷；而范仲淹是對讀書人說的，他加上「先」、「後」的字眼，反而使得讀書人失去了快樂。怎麼說呢？天下人尚未憂愁時，就先憂國憂民了；等到天下太平、物阜民豐時，是不是就可以「後天下之樂而樂」了呢？其實不然！因為這時讀書人要洞燭機先，去做「先天下之憂而憂」的工作。換言之，真正有識之士終其一生只能活在「憂」的氛圍中。

看看孔子、孟子，乃至墨子，當他們「以天下國家為己任」時，就已經是「憂以天下」了。這個擔子夠沉重，所以栖栖皇皇、顛沛流離，換來的卻是「君子有終身之憂」。那麼，讀書人的快樂應該何處尋呢？一方面，他也可以「樂以天下」，以天下國家為自己快樂的對象，於是有「上位者與民同樂」、「君臣相悅之樂」、「太守與民同樂」；另一方面，他也可以不忮不求，隨遇而安，享受自己當下生命的優閒自在，這是儒家安身立命的哲學，也是「君子無一朝之患」的生活境界。生活情趣，俯拾皆是，可以進，可以退；可以仕，可以隱，端在乎如何觀察沙粒世界，體驗人生，隨緣自喜。

認真說來，讀書人應該進退皆自得其樂，快樂真的不假外求。

讀書之樂

讀書之樂有兩種：一是會心之樂，一是創見之樂。

有一回課堂上講解陶淵明的〈五柳先生傳〉：「好讀書，不求甚解。」讀書這麼沒負擔，多愜意呀！可是陶淵明到底讀懂了沒？看下一句就知道了：「每有會意，便欣然忘食。」原來他也跟孔老夫子一樣，很用功呢！「發憤忘食，樂以忘憂」，可難不倒他；更重要的是，他還是讀懂了書，「領會書中意」是他的本事。

讀古人書，常能在珠璣字語中，體會生命進退的應對，那是前人智慧的展現。有時候，文人筆下的有情風景，正是我們禿筆難以描摹的話語，彷彿句句都被別人先說了，而且都說到心坎裡，心緒遂與作者一同起伏，讀起書來「心有戚戚焉」。書中事理能與人生實務相印證、相契合，這就是一種會心之樂。

只要多讀書，就能有會心之樂，而創見之樂就難了。作家都有搜索枯腸的經驗，卻未必能寫出好文章。為什麼呢？因為要跳出人云亦云的窠臼，要寫些新穎的事物觀點，難！多讀書才能從事創作，在此情況下，須言人之所未嘗言，陳言務去，更難！又如寫學術論文，受限於主題、資料、推論過程，還要推陳出新，超越前輩學者的見解，又更難！因此，當我們讀書而突然想到一項事理，或品賞一本書而竟然與作者想法不同，那種唯我清醒、別有心得的創新體會，真是難以言喻。

翁森〈四時讀書樂〉說：「讀書之樂樂如何？綠滿窗前草不除。」讀書可以是這麼優閒的事。心情愉快時，品茗清茶，隨手偶讀一則，游目騁心一番，或許更容易有會心之樂；至於創見之樂，那就要靠水到渠成的學養了。「地爐茶鼎烹活火，四壁圖書中有我。讀書之樂何處尋？數點梅花天地心。」說的正是另一層境界。

小看唐三藏

從小就喜歡看《西遊記》，常被孫悟空七十二變變得目眩神迷，也好喜歡書中不斷移動的場景、遷移代換的情節，以及高潮迭起的故事。

我當然喜歡孫悟空這個英雄人物。他不辭勞苦，陪同師父前往西方取經，屢次鬥力又鬥智，擊退妖魔鬼怪，化險為夷。更難得的是，他忠心耿耿，而又飽富真性情：當他一棒打死妖怪，卻被師父逐出門時，即使心有怨懟，也總能在緊要關頭回來營救師父。

我當然不喜歡豬八戒。他貪生怕死，性好漁色，狀況百出，愚不可及；他還會欺上瞞下，為自己犯過的錯事找藉口。再加上很難看的嘴臉和身材，說他「集眾惡於一身」，是書中頭一號負面人物，沒有人會反對吧？

我對沙悟淨沒有深刻印象。他總是默默地背負行囊，協助兩位師兄作戰。偶爾他會發揮「潤滑劑」的功能，想想點子，說話打圓場，替師父分憂解勞。可惜他武藝不夠高強，獨自撐場面的機會不多；有時他的戲份還不如牛魔王、金角銀角大王吃重呢！

然而，近日重讀此書，感覺又深了一層。那是因為唐三藏！

以前總以為唐三藏是個正人君子，謹守佛門戒律，不殺生，不淫亂，甚至常發出悲憫同情心，簡直是菩薩再現。後來想想，他雖無大惡，但畢竟生性懦弱，缺乏自信，再加上耳根子軟，無知人之明，自然容易聽信讒言。偏偏他又是手握權柄的人，有時寧信豬八戒之謊言，也不接受孫悟空的解釋，其結果可想而知。好幾次錯罰悟空，尚不打緊；更要命的是，趕走忠良，使自己身陷險境，這又何必呢！

仔細想來，唐三藏其實是典型的另一號負面人物。君不見《白蛇傳》裡的許仙，也是一個懦弱、耳根子軟、容易聽信讒言，而使白娘娘受苦，自己身陷險境的人嗎？社會上這樣的男性，所在多有。只是在大庭廣眾之前，他們一副乖乖牌形象，其實他們也有很軟弱、膽怯、缺乏聰明智慧的一面。有朝一日，他們手握權柄，於是國家多災多難，也就不足為奇了。

真實生活中，我們當然不願意被人稱作「豬八戒」，那是很鮮明的負面形象；但是有人願意被稱作「唐三藏」嗎？或許他也是另一種負面形象呢！

丹青憶舊

今年春節非常冷，冷的很有年節的味道。過年節嘛！總得出外走一走，透透氣。於是我們從這間屋子，去到另一間屋子，為了避寒，我們來到了南海學園的國立歷史博物館，欣賞了臺灣早期先賢的書畫展。

清末民初的臺灣文人，繼承了傳統文化的精華，丘逢甲的草書寫著：「文章東漢兩司馬，經濟南陽一臥龍」，謳歌讚頌的正是大文豪司馬遷、司馬相如，以及大家耳熟能詳的一代才幹諸葛亮。正因為當代知識分子都是炎黃子孫，汲取了中原文化的養分，因此他們的書畫表現，和傳統士大夫合軌同轍，也正如清末臺灣巡撫沈葆楨手寫的對聯所說：「抑揚人傑雕繪士林，經緯區宇彌綸彝憲」；這是一個人文薈萃的時代。

信步欣賞這群文人的書畫，禁不住讚美他們的書法清麗自然，繪畫山水、花鳥、仕女，無不維妙維肖，其中還有四條屏畫，畫著逗趣的魚、蝦、螃蟹呢！而走著走著，我卻被一幅葉鏡鎔的「蘭花」吸引住了。

學畫國畫的人都知道，畫蘭、畫竹儘是初學的工夫，它有時和達摩畫都可以用一些簡單的筆觸完成，因此被稱為「一筆畫」，意思是用很簡單的筆觸表達心中意念的作品。《芥子園畫譜》就說這是「臨摹之作」而已，其實難登大雅之堂。

而葉鏡鎔的「蘭花」有何特別呢？他畫上少許蘭葉，搭配四、五朵蘭花，還有一小串含苞待放的嫩蕊。特別的是，這些蘭花的根都畫出來了，卻沒有泥土附著其上，不正是南宋末年鄭思肖手繪「失根的蘭花」的心情？鏡鎔先生在臺灣光復的前兩年，也就是垂垂老矣的六十七歲時，畫出這幅作品的。什麼樣的情境下畫出這幅畫呢？竟然是沿途投宿旅店時，身無分文，用留給店家的字畫，換得一日生活所需。

這幅畫裡，有著文化傳統的延續，不因日本人的統治臺灣而中斷。「蘭花」的落款寫道：「莫嫌露根無地種，枝枝葉葉帶春風。」我相信鏡鎔先生已經感受到勝利即將到來的氣息，眼前清苦的日子，是可以忍耐度過去的。這麼隨意的筆觸，透露出華夏子孫的卑微心願，那是一種喜悅的守候、等待與堅持。

我思古人……，站在丹青畫前。

傀儡上陣

一位男子抱著一個木偶，不，仔細看來是一位女子，走上舞臺。男子是位老板，他安放了一個木偶，放置，固定好，又覺得不妥，再改放到別的地方；牽線、拉引，收線、放線，總要把木偶放妥才能安定下來。女木偶任憑擺布，呆若木雞，有時直立，有時下腰，有時被人丟棄在地上，雙手不停地晃動著，看似無意，卻又那麼有規律的重複著同樣的動作。人的一生是不是也如此呢？

這齣舞碼名叫《傀儡上陣》，只有兩位舞者，十分鐘的即興式演出。男、女主角著古裝，男戴西瓜帽，全身藍袍；女的臉頰貼上紅腮，一副青春可愛的模樣，但是她始終面無表情，即使思念小孩，抱起、舉高小孩，也不露出一絲笑容，隱忍不發之中，向世人泣訴了她有過悲慘可憐的身世。這是一種隱喻。他們演出的是一九五三年蔡瑞月發表的新作，她剛從綠島監獄被釋放出來。當年蔡女士入獄時，小孩出生才三個月大。白天的監獄生活就像一具行屍走肉的傀儡，每天任人擺布，過著很機械的日子；只有在夢中曾經親切地抱起孩子，感受小孩的一顰一笑。她的一生都將如此度過嗎？周遭的人不也如此過日子的嗎？

蔡瑞月在獄中常常被請出來跳舞給外賓看，有時她是志願出來跳的，因為渾身充滿著飛奔跳躍的細胞。她在從日本返回臺灣的船上，自編兩齣舞碼：《印度之歌》和《咱愛咱的臺灣》，後來在臺北成立了「中華舞蹈社」，她一直愛這塊土塊，愛這個國家。她不懂為什麼被關起來，出獄時問了一聲為什麼？得到的答覆是「思想動搖」。很抽象的理由，她真的不懂。後來她大概懂了，因為她的丈夫已經附匪，到大陸定居去了。

她曾經偷偷地告訴獄友，出獄後要跳舞演出獄中的生活給大家看。她做到了。出獄後，只能以教舞維生。丈夫不在身邊了，是生是死都不知道，可是還有小孩要養呀！後來她創作出這齣「傀儡」劇碼，是在警備總部天天派人站崗監控她的舞蹈班的情況下艱苦創作出來的。她邀請了昔日獄友一起來觀賞，在江中清的〈春花望露〉詞曲聲中，大家哭成一團：「今夜風微微，窗外月當圓。雙人約束要相見，思君在床邊。要見君，親像野鳥啼，哎喲！引阮心傷悲，害阮等歸暝……」，歌詞內容唱出了刻骨銘心的歲月，淚水忍不住撲簌簌地落下來。可惜的是，這齣劇碼直到二〇〇〇年才重建，蔡瑞月女士已經七十九歲了，她只能重建一個片段，幸好是最精華的片段。

舞蹈是沒有文字的藝術，有時候，更容易跨越不同的時空而打動人心。直到今天，我們可以透過這齣劇碼，瞭解到蔡女士所受過的迫害以及她的悲慘命運。雖然傷痕已遠，而臺灣現代舞的光輝卻永恆不滅。

走進臺北賓館

冬日的午後，臺北賓館的草坪，舉辦了一場盛會，一年一度的文化人在此聚首。我遇到許多好久不見的朋友，也結識了許多久聞其名，卻一直緣慳一面的朋友。

信步瀏覽臺北賓館，揭開神秘的面紗，頗覺雅趣。巴洛克式的建築矗立在院中央，已有一百零一年的歷史。挑高的門廳、華麗的紅毯，雕上梅花的門拱，莊嚴而有氣派。廳房角落擺設了盆景，迴廊中間掛了些字畫，來到這兒走一走，看一看，拍個照，留下倩影，每個人都頗有收穫似的。屋外的小池、山岩、拱橋、球洞，構成一幅美麗的圖畫。池畔草坪零星散布著桌椅，眾人三三兩兩談天說笑，遙望不遠處——餘興節目正在進行中。

唐從聖的模仿秀來了。他正經八百的模仿陳總統，好會裝腔作勢。那「字正腔圓」的南臺灣國語，惟妙惟肖的身段，一登場就吸引了眾人的目光。等到真正的陳總統蒞臨會場致詞，才發覺阿扁總統音調鏗鏘有力，音域宏亮寬廣，多出來的幾分自信，旁人不易學得來。他那光潤的臉龐，親切的微笑，映照在陽光下，格外耀眼。他致詞的時候，微微低頭看稿，時而顧盼全場，看起來謙遜而又順暢、自然。

致詞完畢，主持人忽然要求「本尊」指導一下「分身」，一連串的妙語如珠，機趣橫生，聽得如癡如醉，令人大笑不止。阿扁總統主控全場，彎腰，握手，親切自然，有如冬日般的和煦光華；佇立在旁的唐從聖先生，辯才無礙，對答如流，又不失其威儀。真假阿扁的對話，得見兩人風采，為一年一度的文化界新春茶會增添不少光彩。

隨後，「臺灣阿公」黃海岱先生的布袋戲，阿扁總統現學現賣一番，也頗為逗趣；原住民的天籟歌聲，也撼人心弦。這是一場成功的文化饗宴，好風景，加上眾人的好心情。

東海精神

甘漢銓教授開車載著我，欣賞東海大學美麗的校園夜景。校園建構在山坡上，我們從谷底的牧場，緩緩駛向教堂。地勢愈來愈高，視野也愈來愈遼闊。最後來到人文大樓頂樓，眺望整個臺中盆地。從這裡放眼望去，可以看到璀璨珍珠灑滿了大地，流金線條串繞著市區周圍，真是一片富麗景象。

信步走在校園內，明月如玉，好風如水，不時感受到輕拂身旁的一股清涼。清澈澄明的夜色下，我尋訪著二十多年前初次來到東海的感覺。

還記得那時從成功嶺行軍走來，走過一段很長很久的相思樹林，之後，乍見茂密林木遮蔭下的東海教堂。

今夜，月色何其皎潔，清晰可見巍峨的建築，還有茂密的林木樹影。東海大學依舊保有昔日的美好景致吧？我心中這麼想著。

第二天清晨醒來，我在校園的大樹下，看到一張張泛黃的老照片，訴說著五十年來東海大學的故事。這才發覺，所有的美好景致，都是前人胼手胝足而來的。

民國四十四年十一月二日創校，當時校園一片荒蕪。第一次開學典禮，師生只有兩百人。大家集合在黃土操場上，仰望著前一天才豎立起來的旗竿，升旗典禮簡單隆重。

望重士林的儒者曾約農先生，清朝重臣曾國藩的後人，出任首任校長。他提出了「勞作精神」的教育理念，不辭血汗，身體力行，帶頭領受一切勞苦。早年的東海師生備嘗辛苦，但也是深受祝福的一群。創校典禮時，嘉賓雲集，頗受社會矚目；兩週後，紐約時報（*TIMES*）就以斗大的標題讚許這所學校的成立，充滿拓荒者的精神。

甘教授告訴我，當年建校時，校園內還有馬車，有些外國教授家裡養馬，就在校園內駕著馬車上學。這是多麼浪漫的情景呀！然而，這不也是拓荒者的寫照嗎？或許浪漫與勞苦，從來就是一回事。

他們都有一股浪漫情懷，因此願意來到這塊荒蕪的土地，動手勞作，犧牲奉獻。這成為永遠值得紀念的「東海精神」。

生活的莊子——記李家同先生

初識李家同先生，是在他擔任靜宜大學校長的時候。那時他出版了一本新書：《讓高牆倒下吧》，洛陽紙貴，轟動一時。我們因討論這本書而結緣，此後他有新作就寄給我一份，陸續結集成《陌生人》、《幕永不落下》，也都是暢銷書。

有一次他受教育部之託，率領大學評鑑委員到校訪問，傾聽師院教授們的心聲。可惜雙方對話並無交集，過沒幾天，他掛個電話給我，說了些憂心歎息的話，而校方也有人不能瞭解他，說他是個「怪人」。

九二一地震發生時，他已轉任暨南大學校長，且很快地決定「遷校臺北」。沒想到這個舉動招致某些人的指責，為此辭去校長職。我和友人談及此事，許多人都會探詢李校長是否為此鬱悶寡歡？其實這是世俗的看法。當時我到臺灣大學看他，一切都因陋就簡的，他不以為意，反而滔滔不絕地敘說一個地震後發生的故事，聽著聽著，我才恍然大悟這是虛構的寓言。他說的這則故事，寫成〈打不通的電話〉發表，他就是這麼喜歡說故事、講寓言，談笑風生的一個人。

他喜歡寫小說，所有的題材總不離開「關懷生命」四個字。更難得的是，他用那奔放不完的生命力，身體力行，常去監獄輔導受刑人，幫助國中生學習英文，工作不像是他的負擔，絲毫未減損他的熱情。他關懷世間陰暗的角落，以誠懇真摯的態度面對它。對他來說，生命就是抒情的樂章，只要順其自然走出應走的道路，就是成功的人生。

與他談天說地，是另類生活上的享受。剛開始受到他的聲望、地位，乃至輩分的影響，不敢造次。漸漸地，發覺他「文如其人」的一面，妙語如珠，如沐春風。再反省到自己一如往常，沉潛木訥有如荀子時，不禁啞然失笑，因為眼前活生生的正是莊子的化身。假如莊子真的與荀子同處一室，我相信旺盛的生命力會融化拘謹的儒者。當莊子的話語如源泉滾滾，奔流而下時，常能發現許多迥異世俗的見解，當下心領神會，通透世間萬物。

李校長擁抱快樂的生命。他關懷人世，誠懇而熱情；他不拘小節，智慧而有風範；與他交往，不必沾惹世俗之見，一切揮灑自如，機趣橫生。從他身上，我印證到許多生活態度，也因此願意讚美他：「生活的莊子」。

一世情難圓

還沒開放大陸探親前，爸爸就迫不及待回老家了。回國後，調查局幹員來家按門鈴，問他見過些什麼人，把爸爸嚇得魂不附體。儘管如此，爸爸還是見到了老奶奶，圓了一場還鄉夢！

住在隔壁的王叔叔，把爸爸看成英雄似的，一直打探回大陸的第一手訊息。王叔平日話不多，他喜歡下班後整理庭院裡的花花草草，在夕陽餘暉下的親切笑容，就是他的金字招牌。當他聽說大陸公安非常禮遇臺胞時，臉上露出驚訝的表情；又聽說大陸公安很會找人，想見什麼人都見得到時，王叔眼神直發亮，好像希望就在眼前。這麼多年了，王叔一直沒結婚，單身、獨居的老人總是特別寂寞的吧？

那一年總算開放探親了。王叔突然變得話多了起來，臉上的笑容除了燦爛，還多了一分神秘。去之前，他準備了好久，所有能打聽的全打聽了，奇怪的是，去沒幾天就跑回來。回來的那天晚上，爸爸去他家串門子，想瞭解一些情形。可是，王叔一個字也不想說，整個臉一直繃得很緊。過了半晌，他忽然決堤似的，嚎啕大哭起來：

「我見到她了！我終於見到她了！」

「她是誰呀？老夫人麼？老夫人不是往生了麼？」

「不是呀！是『她』呀！她已經嫁人了，我再也不能帶她來臺灣了！」

王叔斷斷續續地接著說：

「可是她也沒負我呀！她等了我十年，等到二十九歲，再不嫁人就老了。總不能像我一樣，活過半百，一輩子不結婚吧？」

「她也不知道我還在不在呀？」

「她現在有四個孩子，都大了。我見到她的時候，全家都來了，她那個先生也來了。那個人就站在她旁邊，我連拉她一下小手都不能，只能眼睜睜地望著她。想多說些話，都不成啊！」

王叔講這些話的時候，語無倫次的，時而哀嚎，時而激動，還加上流不盡的老淚縱橫；聽到這些話的人都為之鼻酸。原來，他早有個青梅竹馬的小女朋友，當年就定了親，「非卿不娶，非君不嫁」的情節，活生生的上演在眼前。難怪王叔至今不娶，女方也為她守了十年，要不是家人再三催逼，要不是生活在保守傳統的農村裡，只怕還真的成了隔海懸絕的牛郎織女。

五十年了。我見證了一場情比石堅的愛情故事，而對王叔來說，卻是希望的破滅，再也不能完整拾回的破碎心情。如果能重新來過，王叔一定不會來臺灣了，只不過在臨走前，王叔還唸唸有詞的說道：「三十八年的時候，到處抓兵，不逃也不行。本以為十年、八年就回家了，打日本鬼子不就是這樣嗎？那曉得土八路這麼難打？」說著說著，在旁圍觀的我們也跟著流下淚來……

牛糞與鮮花

走在鄉間小路上，千萬別踩到腳下的牛糞！

通常牛糞出現在較寬廣的小路上，因為太小的田埂路，只容一人通過，牛隻不會走田埂路的；況且，不是所有的牛隻都下田，那拉車的大黃牛當然只能走大馬路。

牛隻的食量很大，食量大，常常需要就地解決呢！那大大的一坨，軟軟的、水水的，不會臭。只是被人踩到可不好！於是我們會隨手拔些路旁的花花草草，或是撿些枯樹枝，就往牛糞插上去，好像提醒「後來者」不要跟上「先輩」的腳步。小小年紀就這麼有愛心嗎？好像是，也好像不是。我說不上來，可能也不過是一種遊戲吧？

我到過墾丁的南仁湖，那兒是生態保護區。從路口走到湖區，可以看到山坡上有好多牛糞。目光掃瞄過去，其中幾個較大的牛糞，上面布滿了白色朵朵小花。上前仔細瞧瞧，才發現那是一圈圈的菇菌類植物環繞排列著。因為牛糞含水，又有些養料，菇菌就以此為家，展開了它的生命旅程。

幾年前，和一位在國立清華大學教書的美女教授聊天。她有多美呢？說一則笑話你就知道了。她那時在學校開了一門選修課：《聊齋志異》。中文系之外，還有許多理工科的高材生前來選課。學生之間口語相傳：「我們上課是為了看美女，聽鬼故事。」

哇！真夠吸引人的課程。這年大家都近而立之年，聊著聊著，就聊到新婚的夫婿如何如何。引人注目的是，那麼漂亮的她，為什麼嫁給了一位其貌不揚的「他」。美女回答說「他」很有才氣，又一直緊追不捨，才大學一年級就被「他」盯住了，害得她沒有交往其他男生的機會，「他」很會獻殷勤的……。說著說著，這位美女忽然語出驚人：「你們知道嗎？鮮花配牛糞，有時候牛糞也不好找吔！」

牛糞呀，牛糞！想不到你那大而無當的「體型」，竟也有這麼好的用途。雖然其貌不揚，讓人棄之如廢土；但又飽含「養料」，可以為家，可以為託付終身的對象。世間美貌如「鮮花」的可人兒，假如想要找一個可靠的家，是不是可以把「牛糞」列入考慮呢？

臺北小姐

梨山，四面環山，漫山遍野都是果園。三年前她來到這裡，一心想要種果樹。於是，一個來自臺北的小姐，來到一個人生地不熟的地方，開始體驗她從未有過的山居生活。

那時她出社會沒多久，不懂得行情，也不會討價還價，因此用了一年二十萬元的高價，簽約三年，承租下一塊山坡地，開始種起果樹來。這塊地是國有地，原住民擁有優先承租權，再將土地轉租給她。

這裡沒有房子，也沒電，更沒有電器設備，她只好搭起帳篷，晚上掛起一盞煤油燈，睡在帳篷裡。孤燈陪伴她思索明天的工作，想像未來的日子，然後進入了夢鄉。

整地、種樹、接枝，澆灌、施肥、採收，凡事都自己來。剩餘的時間，搭起自己的小窩，蓋好一座茅廁，再拉起水電設施，這又花了她一年多的時光。我們很難想像一個從臺北來的弱女子，大學畢業沒多久的千金之軀，讀的又非園藝系的本科生，她是怎麼辦到的？而今她適應良好，生活無憂無慮，轉眼已經三年。

剛來的時候，附近人家常稱她「臺北小姐」。那可能是語中帶有輕蔑的口吻，不看好她能撐下去。而今三年之後，她又簽下了十年約，以每年十萬元的租金繼續租地。當她告訴我們當年被稱為「臺北小姐」時，嘴角泛起一抹微笑，絲毫沒有芥蒂。從她的臉龐中，我們看到了幾分自信，幾分堅定；那就像隱沒於青山翠谷中的一朵紅花，盡力伸展枝椏，無畏明日的風雨，嬌豔動人。

竹居

梨山這個地方，早已過度開發。為了維護天然景觀，或者說想求得天人之際的一個平衡點吧，她選擇蓋個竹屋，做為自己的棲身之所。

竹子是很好的建材，長長的竹竿編排起來，一體成型，美觀而和諧。女主人融入了她的巧思，在立面做出門窗，門有兩扇，左右對稱；又在橫面做出閣樓，樓上又有小閣樓，等於蓋了三層。這自然要有樓梯了。樓梯通上安穩的小窩。竹屋冬暖夏涼，通風且透氣，為了避開高山之寒，她在樓下安置大灶，再把通氣管繞道樓上出去，這很像華北地區的「亢」，讓寒夜保有不少餘溫。

屋內陳設十分簡單，她自己牽來水電，過著極為簡易的生活。屋的左側有個小書桌，桌上幾本書，還有她隨興寫下來的紀錄。中間擺放一個小茶几，牆上吊掛著印度小米、山葡萄的種子，櫥櫃放妥自己釀的酒，還有喜愛的圖畫。屋的右側有浴室、廚房，唯一最顯眼的電器設備是一臺傳真機，那是為了銷售水果用的。

屋外有個小庭院，主人隨意摘種花卉，有百合、有菊花，還有許多我叫不出名字的。屋簷下鋪著天然的石材，那是從花蓮海濱撿來不少扁平的石頭。再往前幾步，是看不盡的青翠果園，在這裡觀覽勝景，說不出的心神舒暢。

主人不用多作介紹，客人們早已悠然神往了。然而，不用主人多說，我們已經可以想到許許多多：「竹子並不輕，光是從路邊搬來一綑綑的竹子，就必須花上三天。」竹子可以作建材，但要把他們層層疊疊地排在一起，削、斲、砍、折，不是一兩天可以完成的吧？竹子輕搖易晃，扭捆固樁，也一定是費力持久的工作？那些隱藏在背後的汗水滴落，恐怕有「不足為外人道也」的辛苦？難怪女主人說，蓋屋蓋了一年，而今還在不斷的修改……。

吃過苦之後，才得以享受那甜美的果實。任何人來到這裡，想要開墾一座果園，必須學會吃苦耐勞、胼手胝足的本事，然後，才能夠展現她那樣自信滿滿的笑顏，享受她那樣怡然自得的山居歲月。

現代陶淵明

多年不見，一見到她時，就是一副果農模樣。除了帽子、雨靴外，最特別的就是腰間綁上一條環帶，上面有許多環扣、小口袋，放著螺絲起子、鉗子、剪刀之類的東西，後來我大約知道，那是用來接枝果樹、固定藤架的必備工具。

每天她要巡視果園，呵護枝椏間的嫩芽，修修剪剪，接枝實驗，這是例行性的工作。播種、施肥也很平常，但是為了搬運天然有機肥，她曾經一次背負四十公斤的雞糞，那豈是一般人做得來的？果樹有它的季節性，如何縮短生長期限，避開天災蟲害，一定也費了不少心思。即使開花結果了，輕輕碰觸，一串未長好的水梨就會應聲掉落，更別提嬌嫩無比的水蜜桃了。果樹有不同的品種、不同的生長期，為了區分品類，必須用不同的色袋包裝不同的小果實，等到成熟期，還要先試吃一兩個，才能判定果子成熟沒？甜度夠了沒？現在她最煩惱的是，果樹結實纍纍，壓迫枝架往下倒，很難用人為的力量扶正那些已經是水泥柱、鐵絲網搭起的藤架。原來，果樹長得太好也有它的麻煩。

我們閒話家常，桌上一盤蜜李已經一掃而空。這時候女主人泡上梨山茶，再拿出雪梨乾，讓我們大快朵頤。每年收成時節，總有些雪梨早被鳥兒捷足先登了，她只好採收下來，把它曬乾，做為冬天的主食。雪梨是上品中的上品，即使做成雪梨乾，還是很甜，還保存些水分；更妙的是，女主人的切工一流，每片小口小口的品嚐，滋味無窮。原來我們嚐到了主人的壓箱底，這麼好吃，難怪她常能以蔬果度日，一年到底，食品不虞匱乏。

種植果樹的辛苦，旁人難以體會。但是她每天日出而作，日落而息，晚上就在燈前動搖筆桿，讓一天的辛苦，化作文思泉湧，流洩出來。這種陶淵明似的隱居生活，真讓人欣羨不已。不知道什麼時候我們也能重返自然，過著「衣沾不足惜，但使願無違」的田園生活？

距離的美感

朋友告訴我說：「下圍棋的時候，千萬別急著進攻，一定要先和對方保持距離，不要一開始就作肉搏戰。」他還用了很淺顯的說法：當對手已經放下一子在那裡，你又貼著它旁邊落一子，於是對手又加了第二子、第三子，一直爭下去，你是一子對二子，二子對三子……，永遠居於劣勢。這划得來嗎？

朋友言之有理，放在人生不也如此嗎？我們常常怕「輸在起跑線上」，因此看到別家小孩學才藝，我們也不落人後，有什麼課就報名什麼。其實每個人一天都只有二十四小時，何苦要浪費在追逐上？別人既已搶先進攻某一領域，我們又何必一窩蜂去搶破頭呢？

即使要和別人競爭，也應該常有「退一步海闊天空」的心理準備，「保持距離」，能讓我們獲得「安全」，也能注意到其他也很重要的東西。從小到大，我們常常在競爭，考試要搶第一名，退步二、三分就可能被責罵，換來的就是在挫折中成長，忘了什麼才是最重要的，這樣的日子並不好過。更何況有許多事情是不需要爭先恐後的。搶著搭捷運、擠公車，往往在摩肩擦踵間，換來他人的白眼。在都會中鑽車縫、闖紅燈，在高速公路上超越前車，捫心自問：「真的有需要搶快嗎？」有時我們太容易受到外在環境的影響，只因為別人的腳步加快了，自己的步伐不知不覺也跟著加快。

「生活本身就是一種學習。」當我們保持一種閒適的生活情調，讓自己的思慮清明，冷靜清楚的觀察、思考、工作，反而更有機會做出正確的判斷，做起事來更有效率。不與人爭，避免與人發生衝突，是快樂生活的不二法門。

和諧的人生

朋友和我說完下圍棋須「保持距離」的故事，我忽然告訴他：「這只是一種技巧，人生更值得追求的是一種和諧境界。君不見，滿盤殺氣騰騰，只會讓人躁進急攻，而真正懂得下棋的人，常常知道下棋並不只是爭個你死我活。」朋友聽後大笑，他知道我的意思，他說：「這是『道』的層次，不是『技』的問題。」

可不是嗎？人生是有許多競爭，在競爭中求進步。不過，競爭只是技能的問題而已，不斷地費盡心思競爭下去，我們究竟得到了什麼？天地四時的運轉，順暢而自然，還有什麼力量比這更大的呢？《中庸》說：「致中和，天地位焉，萬物育焉。」這說明了凡事中正平和，萬物就能生生不息，各得其所，人人也能安居樂業。這正是我們人生想要「止於至善」的終極目標，也是最完美的和諧人生。

其實所謂的「至善」，表面上看來是永遠不可能達到的。每個人窮其一生不斷的努力下去，所得到的絕非完美的一切。即使你已經努力達到「至善至美」的境界，於是你就停了下來，那就馬上不是最完美的境界了。但是，也不必把「至善」想成是永遠高不可攀的理想，只要落實在生活中，隨時隨地都可以有最美好的時刻。如果早上起床，可以寧靜溫馨地享用早餐；在公園運動，可以隨意和陌生人點頭微笑；走在路上，可以見到滿臉笑意的朋友；出門在外，看到落花水面皆文章；遇到困難時，找得到知心好友吐吐苦水；工作認真，心情愉快，自己也很有成就感……。生活平淡而充實，能這麼快樂的過日子，心中充滿喜悅，告訴自己一切都很滿足了。

這麼知足自適的生活，其實是有一股「和諧」的力量充斥在其間。如果我們常以和諧愉悅的態度面對周遭生活，這個世界一定更美好吧！

作者自訂年表

民國四十七年十二月，出生於臺灣省桃園縣桃園鎮大樹林。不久即被外婆帶到屏東縣內埔鄉義亭村檳榔林生活，直到六歲就讀小學前常寓居於外公家。

民國五十年三月，二弟基正出生。

民國五十一年至五十二年間，因母親工作之便，就讀桃園鎮大秦紡織廠附設幼稚園。

民國五十三年八月，媽媽自苗栗縣公館鄉領養一個女孩，小我三歲，此後我多了一位妹妹玉琴。九月，就讀桃園鎮建國國民小學，開學當天由外公帶入校園。

民國五十九年七月，建國國民小學畢業，成績優異，獲頒「勤勞獎」。旋即在建國國民小學陳善鳴老師輔導下，全校共計十二位同學一起考入桃園縣私立振聲中學初中部。九月，就讀振聲中學初中部，三弟基宏出生。

民國六十二年六月，振聲中學初中部畢業，七月，因參加臺北區公立高中聯合招生考試失利，只得回頭再考私立振聲中學高中部就讀。

民國六十三年學年度下學期，班導師夏克馨先生指定為全校模範生。

民國六十五年六月，獲孔孟學會高中學生組論文競賽佳作獎。七月，振聲中學高中部畢業，成績優異，獲頒「群育獎」。同月，參加全國大學聯合招生考試，獲錄取至國立臺灣師範大學國文學系就讀。
民國六十九年六月，獲孔孟學會大專學生組論文優等獎。七月，臺灣師範大學國文學系畢業，八月，分發至苗栗縣立通霄國中白沙分部擔任實習教師一年。
民國七十年九月，就讀臺灣師範大學國文研究所碩士班。
民國七十三年七月，取得臺灣師範大學文學碩士學位，碩士論文：《孟子散文研究》，王更生教授指導。九月，就讀國立臺灣大學中國文學研究所博士班。
民國七十四年八月至七十五年七月，私立四海工業專科學校兼任講師。同年八月至七十七年七月，中央警官學校兼任講師。
民國七十六年八月至七十七年七月，國立清華大學中國語文學系兼任講師。同年八月至八十年七月，臺灣大學中國文學系兼任講師。
民國七十七年三月，與洪淑苓小姐結婚，邀請臺灣大學中國文學系曾永義教授證婚。
民國七十八年二月，學術論文〈《孟子》與《史記》之關係研究〉獲教育部青年研究發明獎研究著作類社會青年組佳作。
民國七十九年一月，出版《明德慎刑——中國的法律》，臺北：幼獅文化事業公司。六月，長子紹剛出生。
民國八十年七月，取得臺灣大學文學博士學位，博士論文：《韓歐古文比較研究》，羅聯添教授指導，此書獲國家科學委員會一般甲種獎勵補助。八月，應聘國立嘉義師範學院語文教育學系副教授兼實習輔導處實習組主任一年。
民國八十一年三月，長女紹容出生。八月，應聘國立臺北師範學院語文教育學系副教授兼實習輔導處實習組主任一年。同月，大伯父王雲鑑先生將老奶奶自山東省黃縣老家接來臺灣。
民國八十二年八月至八十五年七月，續任國立臺北師範學院語文教育學系副教授。
民國八十三年七月至九十五年八月，與洪淑苓一同出任國語日報社《古今文選》專欄主編，期間陸續出版《古今文選》精裝本第十三集、十四集、十五集，臺北：國語日報社。
民國八十四年十二月至九十四年八月，在封德屏主編的邀約下，開始為文訊雜誌社「書的世界」專欄撰寫書評。
民國八十五年六月，出版《韓柳古文新論》，臺北：里仁書局，此書獲國家科學委員會一般甲種獎勵補助。八月，教育部通過升等教授論文審查，改聘國立臺北師範學院語文教育學系教授。
民國八十六年至九十二年，考試院公務人員高等暨普通考試典試委員，主試「文化行政」。
民國八十七年八月至八十八年七月，私立世新大學中國文學系兼任教授。
民國八十八年七月，指導國立臺北師範學院研究生劉雪芳撰寫碩士論文：《全語文教師運用故事教學之個案研究》。八月，與洪淑苓合著出版《四史導讀》，臺北：臺灣書店。

民國八十九年三月，次女紹潔出生。

民國九十年三月，在曾永義教授的邀約下，開始為國語日報社「人間愉快」專欄撰寫散文。九十年八月至今，應聘國立臺灣師範大學國文學系教授。九十年八月至九十三年一月，國立臺北師範學院語文教育學系兼任教授。十一月，出版《唐宋古文論集》，臺北：里仁書局。

民國九十一年十月，祖母姜福厚女士去世。

民國九十二年五月，父親王雲鎬先生去世。九十二年八月至九十三年七月，私立中國文化大學中國文學系文藝創作組兼任教授。

民國九十三年六月，指導臺灣師範大學研究生陳美伶撰寫碩士論文：《〈中山狼傳〉文藝美學研究》。

民國九十四年一月至九十四年六月，中央研究院文哲研究所國內短期訪問學人。

民國九十五年一月至九十六年十二月，中國唐代學會秘書長。九十五年五月，應熊禮匯教授之邀請，前往中國武漢大學講學一個月。六月，與張雙英教授聯合指導政治大學研究生謝敏玲撰寫博士論文：《韓愈之古文變體研究》。同年八月至九十六年七月，荷蘭萊頓大學漢學院交換訪問學者。

民國九十六年至九十八年度，高等教育評鑑中心大學校院系所評鑑委員。九十六年七月，與陳芳明教授聯合指導臺灣師範大學研究生朱芳玲撰寫博士論文：《被壓抑的臺灣現代性——六〇年代臺灣現代主義小說對現代性的追求與反思》、指導研究生江如玲撰寫碩士論文：《高中文言文教學與作文訓練之研究》。同年八月至一百年一月，私立華梵大學中國文學系兼任教授。

民國九十七年六月，指導臺灣師範大學研究生李純瑀撰寫碩士論文：《柳宗元與蘇軾山水遊記研究》。

民國九十八年一月至一〇二年十二月，《師大學報・語言與文學類》主編。六月，指導臺灣師範大學研究生楊子儀撰寫碩士論文：《歐陽脩建物記研究》、指導沈秀蓉撰寫碩士論文：《王安石文風轉變特色之研究——以中晚年文章為討論中心》。同年八月至九十九年七月，國立臺灣師範大學國文學系、國際漢學研究所合聘教授兼國際漢學研究所所長。同年八月至一百年十二月，教育部國民小學國語文教科圖書審定委員會委員。

民國九十九年六月，指導臺灣師範大學研究生趙鴻中撰寫碩士論文：《歐陽脩序跋文研究》。七月，指導臺北市立教育大學研究生游坤峰撰寫碩士論文：《劉克莊序跋文研究》。

民國一百年六月，指導臺灣師範大學研究生李昭英撰寫碩士論文：《曾鞏序跋文研究》、指導蕭艾伶撰寫碩士論文：《歐陽脩的時間意識與古文書寫之研究》，八月，指導楊茹蕙撰寫碩士論文：《出新意於法度之中：蘇軾建物記的時空、文體與美學》。

民國一〇一年二月，應藍碁教授（Rainier Lanselle）之邀請，前往法國巴黎第七大學——狄德羅大學（Université Paris Diderot-Paris VII）專題演講。同月，主編出版《國語文教學理論與實務的多元探索》，臺北：五南圖書出版公司。六月，指導臺灣師範大學研究生張家菱撰寫碩士論文：《曾鞏散文接受史變遷研究》、指導林佑澤撰寫碩士論文：《歐陽脩山水詩研究》。

民國一〇二年六月，指導臺灣師範大學研究生韓文傑撰寫博士論文：《「無」與「空」：以嵇康與大乘佛教的音樂觀為討論中心》。

民國一〇三年六月，指導臺灣師範大學研究生林玄之撰寫碩士論文：《歐陽脩古文典範地位形成之研究》、許妙音撰寫碩士論文：《桐城吳闓生《古文範》研究》。

民國一〇四年三月至一〇四年八月，日本早稻田大學國外短期研究學者。六月，指導臺灣師範大學研究生江家慧撰寫碩士論文：《歐陽脩墓誌銘研究》、徐美加撰寫碩士論文：《檔案評量應用於國中國文教學之行動研究》，七月，指導政治大學研究生蔣宥萱撰寫碩士論文：《一個國中補習班作文教學活動設計個案的探討》；出版《國語文教學現場的省思》，臺北：萬卷樓圖書公司，此書獲臺灣師範大學「卓越專書獎」。

民國一〇五年三月，出版《宋代文學論集》，臺北：臺灣學生書局，此書獲臺灣師範大學「傑出專書獎」。六月，指導臺灣師範大學研究生廖本銘撰寫碩士論文：《韓愈、柳宗元、劉禹錫文本互動研究》、黃欣怡撰寫碩士論文：《《冊府元龜》編纂的歷史意義》、吳蕎安撰寫碩士論文：《洪邁的東坡閱讀經驗研究》。七月，出版《韓愈詩選》，鄭州：中州古籍出版社。

民國一〇六年六月，指導臺灣師範大學研究生羅羽淳撰寫碩士論文：《余誠《古文釋義》研究》、李純瑀撰寫博士論文：《蘇軾與北宋黨爭》。

各篇發表紀錄

豆沙包的想念，《國語日報》九十一年三月十二日。
田園好生活，《文藝月刊》第二二一期，七十六年十一月。
蓮霧樹的回憶，《國語日報》九十年八月七日。
果樹的呼喚，《中華日報》一〇六年十月二十九日。
捉泥鰍，《國語日報》一〇一年四月二十一日。
端陽外一章，《國語日報》九十年六月二十二日。
洗冷水澡的日子，《國語日報》九十二年九月三十日。
勤勞獎，《國語日報》九十一年八月十三日。
我臥讀書牛不知，《國語日報》九十三年十月一日。
鄉音，《國語日報》九十二年七月二十九日。
先鋒將軍，《國語日報》九十一年一月一日。
三角函數，《國語日報》九十一年九月二十七日。
選擇，《人間福報》一〇四年二月六日。
沙灘上的邂逅，《國語日報》九十二年十一月十四日。

改變的力量，《國語日報》九十年十一月二日。
畫竹，《國語日報》九十年六月一日。
投手板上，《國語日報》九十年四月十三日。
合歡山瑞雪，《國語日報》九十一年三月二十四日。
書生之用，《國語日報》九十年十二月七日。
臺大的教學典範——記英紹唐先生，《國語日報》九十四年十月十四日。
清言發雋永，茂思含溫柔——記吾師鄭清茂先生，《國語日報》九十二年六月十三日、《今我來思：鄭清茂教授七十榮退紀念文集》，國立東華大學中國語文學系，九十二年六月。
彩繪白沙屯，《國語日報》九十年十月十九日。
來自鄉下的心靈，《國語日報》九十四年九月二十三日。
啟新國中同學，《苗栗青年》第四十二期，七十四年十二月。
構圖，《國語日報》九十二年十二月十六日。
籤王，《國語日報》九十年三月二十三日。
重返母校，《國語日報》九十年八月十七日、《師大校友》第三〇八期，九十年十月。
主考心情，《國語日報》九十四年七月十五日。
心田深處——《深情記事》序，收入洪淑苓《深情記事》一書，健行文化出版公司，八十七年八月。
來自心底的美麗——近視洪淑苓，《幼獅文藝》第五六六期，九十年二月。
認真生活的美麗——破解洪淑苓，《幼獅文藝》第五六六期，九十年二月。
率真與溫和的他——近視王基倫，《幼獅文藝》第五六六期，九十年二月。（洪淑苓作）
笨笨與努力的他——破解王基倫，《幼獅文藝》第五六六期，九十年二月。（洪淑苓作）
守候在產房外，《臺灣日報》八十年八月八日。
寶貝童話三則，《國語日報》八十五年十二月三日、八十六年一月三日。
驚愕小提琴曲，《國語日報》九十一年一月二十五日。
課後弦樂社的演出，《國立臺北師院實小家長會訊》第四期，八十九年六月。
歲月不白流，《自由時報》九十年十二月六日。
有過莫逆之交的歲月——寫在紹剛畢業前夕，《國立臺北師院實小家長會訊》第八期，
九十一年六月。
陪考心情，《國語日報》九十四年七月二十二日。
奇妙的火車，《國語日報》九十年五月一日。
撈魚記，《國語日報》九十年九月十四日。
泰國姑娘，《國語日報》九十二年十月十四日。
掌上小明珠，《國語日報》九十年八月一日。

背小孩的爸爸，《國語日報》九十一年十一月十五日、《世界日報》佛曆二五四五年十二月二十七日。
企鵝跳水，《國語日報》九十一年十二月三日。
更上一層樓，《國語日報》九十一年十二月二十日。
貼心二帖，《國語日報》九十三年二月二十日。
蘇媽媽，《國語日報》九十四年四月二十二日。
白文鳥結婚了，《國語日報》九十七年三月四日。
一隻紅嘴黑鵯的故事，《國語日報》九十七年四月二十二日。
奶茶國度，《國語日報》九十四年十一月二十九日。
孩子，有你們真好，《國語日報》一〇六年六月三十日。
剛烈和樂真性情的老奶奶，《國語日報》九十五年五月十二日。
孤挺花的歲月，《國語日報》九十二年四月四日。
大哥該做的事，《國語日報》九十七年四月一日。
生活方式，《國語日報》九十七年三月十八日。
春天在我家，《國語日報》九十二年四月二十五日。
嬌滴滴的口紅花，《國語日報》九十三年五月十八日。
網路象棋，《國語日報》九十三年三月五日。

晨曦，《國語日報》九十二年一月二十四日。
湖口老街巡禮，《國語日報》九十一年十一月二日。
微笑的海芋，《國語日報》九十二年三月四日。
杏花林之外，《國語日報》九十二年六月二十四日。
茶農，山友，《國語日報》九十二年十一月四日。
生態池，《國語日報》九十四年七月五日。
健檢八十分，換來心情一百分，《聯合報》一〇五年一月十五日。
快樂之方，《國語日報》九十年十一月三十日。
讀書之樂，《國語日報》九十年十月五日。
小看唐三藏，《自由時報》九十一年二月五日。
丹青憶舊，《國語日報》九十三年四月十六日。
傀儡上陣，《中國時報》一〇三年九月二十一日。
走進臺北賓館，《國語日報》九十年四月二十日。
東海精神，《國語日報》九十四年十一月十八日。
生活的莊子——記李家同先生，《國語日報》九十年十一月十三日。
牛糞與鮮花，《國語日報》九十四年五月十日。
臺北小姐，《國語日報》九十二年八月十五日。

竹居，《國語日報》九十二年八月二十六日。

現代陶淵明，《國語日報》九十二年九月五日。

距離的美感，《中華文化雙周報》第十期，九十四年五月。

和諧的人生，《中華文化雙周報》第十二期，九十四年六月。

釀文學223　PG1915

豆沙包的想念

作　　者	王基倫
責任編輯	鄭伊庭
圖文排版	莊皓云
扉頁插畫	黃淮鱗
內頁插畫	郭冠群
封面設計	陳秀珠
封面完稿	葉力安

出版策劃	釀出版
製作發行	秀威資訊科技股份有限公司 114 台北市內湖區瑞光路76巷65號1樓 電話：+886-2-2796-3638　傳真：+886-2-2796-1377 服務信箱：service@showwe.com.tw http://www.showwe.com.tw
郵政劃撥	19563868　戶名：秀威資訊科技股份有限公司
展售門市	國家書店【松江門市】 104 台北市中山區松江路209號1樓 電話：+886-2-2518-0207　傳真：+886-2-2518-0778
網路訂購	秀威網路書店：http://store.showwe.tw 國家網路書店：http://www.govbooks.com.tw
法律顧問	毛國樑　律師
總 經 銷	聯合發行股份有限公司 231新北市新店區寶橋路235巷6弄6號4F 電話：+886-2-2917-8022　傳真：+886-2-2915-6275

出版日期	2017年12月　BOD一版
定　　價	290元

Printed in Taiwan

國家圖書館出版品預行編目

豆沙包的想念 / 王基倫著. -- 一版. -- 臺北市 : 釀出版,
2017.12
面； 公分
BOD版
ISBN 978-986-445-238-5(平裝)

855 106022066

讀者回函卡

感謝您購買本書，為提升服務品質，請填妥以下資料，將讀者回函卡直接寄回或傳真本公司，收到您的寶貴意見後，我們會收藏記錄及檢討，謝謝！
如您需要了解本公司最新出版書目、購書優惠或企劃活動，歡迎您上網查詢或下載相關資料：http:// www.showwe.com.tw

您購買的書名：________________________________

出生日期：________年________月________日

學歷：□高中（含）以下　□大專　□研究所（含）以上

職業：□製造業　□金融業　□資訊業　□軍警　□傳播業　□自由業
　　　□服務業　□公務員　□教職　□學生　□家管　□其它____

購書地點：□網路書店　□實體書店　□書展　□郵購　□贈閱　□其他

您從何得知本書的消息？
　□網路書店　□實體書店　□網路搜尋　□電子報　□書訊　□雜誌
　□傳播媒體　□親友推薦　□網站推薦　□部落格　□其他________

您對本書的評價：（請填代號　1.非常滿意　2.滿意　3.尚可　4.再改進）
　封面設計____　版面編排____　內容____　文／譯筆____　價格____

讀完書後您覺得：
　□很有收穫　□有收穫　□收穫不多　□沒收穫

對我們的建議：________________________________

____

____

____

請貼
郵票

11466
台北市內湖區瑞光路 76 巷 65 號 1 樓

秀威資訊科技股份有限公司 收

BOD 數位出版事業部

(請沿線對折寄回，謝謝！)

姓　　名：＿＿＿＿＿＿＿＿　年齡：＿＿＿＿　性別：□女　□男

郵遞區號：□□□□□

地　　址：＿＿＿＿＿＿＿＿＿＿＿＿＿＿＿＿＿＿＿＿

聯絡電話：(日) ＿＿＿＿＿＿＿＿＿＿ (夜) ＿＿＿＿＿＿＿＿＿＿

E-mail：＿＿＿＿＿＿＿＿＿＿＿＿＿＿＿＿＿＿＿＿